長編小説

蜜夢ホテル

〈新装版〉

葉月奏太

竹書房文庫

目次

第一章　セレブ妻のリクエスト

1

財前和久（ざいぜんかずひさ）はベッドに横たわったままサイドテーブルに手を伸ばし、目覚まし時計が鳴る直前にスイッチをオフにした。

時刻は早朝五時。寝起きは極めていいほうだ。毎朝、目覚まし時計が鳴る前に目が覚める。ベッドからおりると、すぐに遮光（しゃこう）カーテンと窓を全開にした。

朝の眩（まばゆ）い光が差しこみ、冷たい空気が吹き抜ける。財前はシルクのパジャマ姿のまま、静かに大きく深呼吸をした。

今日もいい天気だ。窓の外には、小鳥が囀（さえず）る森がひろがっている。空はセルリアンブルーの絵の具で塗り潰したように鮮やかだった。

三月に入り、日差しがずいぶん柔らかくなってきた。麓（ふもと）はだいぶ暖かくなっているが、山の上にも春の気配が近づいている。雪はすっかり解けており、あとは福寿草が咲くのを待つだけだった。

手早くベッドを整えると、キッチンに移動してコーヒー豆を選ぶ。今朝はブルーマウンテンの気分だ。

財前の朝はお気に入りの豆を挽き、コーヒーを落としながら、シャツのアイロンを掛けることからはじまる。

シャツはクリーニングに出してあるが、袖を通す前に必ず自分でアイロン掛けするのがこだわりだ。着ているうちに皺ができるのは一向に構わないが、最初から皺が寄っているのは許せなかった。

(ううん、いい香りです)

朝のコーヒーだけはやめられない。香りを楽しみながら朝刊数紙に目を通す。

朝食はフルーツを少々とサプリメントを数種類。気分によってはトーストを食べることもある。今朝はキウイがあったので、ナイフでさっと剝いた。

クローゼットを開けると、同じダークスーツがずらりと並んでいる。着ていくスーツを念入りにブラッシングするのも日課だ。塵ひとつ見逃すことはない。革靴もピカピカに磨きあげた。

四十六歳にしてはスマートな体をスーツに包み、落ち着いたシルバーグレーのネクタイをきっちり締める。そして、髪をセットすれば準備完了だ。

毎朝五時五十分ちょうどに出発する。社員寮はホテルのすぐ裏にあるので、六時には必ずフロントに立っていた。

財前は、信州のとある山の上に建っているホテル、『ミミエデン』の支配人だ。

ミミエデンとは、フランス語で「小さな楽園」を意味している。その名が示すとおり、こぢんまりとしたホテルだ。部屋数は二十の小規模経営となっており、支配人の財前を含めて、わずか四人の住みこみ従業員と、麓からやってくる数人のパートでこのホテルはまわっていた。

財前がミミエデンで働くようになって十年になる。

最初の一年は見習いだったので、支配人歴は九年だ。前職はまったく畑違いだが、もはや自他共に認めるホテルマンになっていた。

財前は宿泊客のあらゆる要望に対応するお世話係のコンシェルジュも兼ねている。また、調理師免許を持っているので、厨房(ちゅうぼう)に立つこともあれば、手が空いているときは館内の掃除もした。特別なことではない。ここでは、四人の正社員がフォローし合うのが当たり前だった。

交通の便が悪いにもかかわらず、ミミエデンの人気は高かった。とくに週末は常に満室だ。

小規模だがお洒落なホテルとして一部に知られている。大規模レジャーホテルに行き尽くした旅行好きな人たちの間で、密かな人気となっていた。

山の上という不便な立地も、見方を変えれば自然を満喫できるということだ。麓までは路線バスが通っていて、そこから一本道をあがることになる。タクシーに乗ればすぐだが、徒歩なら十五分ほどだ。

健康なお客さまであるなら、ぜひ徒歩でお越しになることをお勧めしたい、と財前は思っていた。

急な坂道の先に、小洒落た洋館が見えてくる。白壁に赤い屋根の二階建てで、まるで童話の世界に迷いこんだような気分に浸れるだろう。これからの季節、緑に囲まれて最高の癒し空間になる。近くには湖もあって、ボートに乗ったり、釣りを楽しんだりすることができるのも売りのひとつだった。

館内は財前のこだわりが色濃く出ている。

趣のあるアンティーク家具、落ち着いた色調、ゆったりとした間取り、そして、美味しい料理と心のこもったおもてなし。露天風呂も好評だ。とにかく、のんびりくつろげることを一番に考えられた作りとなっていた。

都会の生活に疲れた人たちが、一時の休息を求めてやってくる。

ホテルマンの財前にとって、チェックアウトされていくお客さまの、元気になったお顔を拝見できるのが最高の喜びだった。

財前自身、このホテルで働くようになり、ずいぶん癒されていた。なにかとストレスのかかるご時世だ。自分でも気づかないうちに疲弊した心は、なにかのきっかけでバランスを崩して悲鳴をあげる。そうなる前に、ミミエデンでゆっくり過ごしていただきたい。この小さなホテルは、疲れた人たちの楽園でありたいと願っていた。

しばらくすると、寮から他の社員たちも出勤してくる。いよいよ忙しい一日のはじまりだ。朝の清掃、宿泊客の朝食の準備、そしてチェックアウトと目まぐるしく時間が過ぎていった。

最後のお客さまを見送ると、ベッドメイクの開始だ。パートの女性たちは、チェックアウトの十一時までに出勤してくる。四人の正社員もほとんど休めない。午後のチェックインまで、仕事が山のようにあった。

財前はフロントの奥にある事務室で、本日の予約客の確認をしていた。そして、そろそろ館内の清掃に行こうとしたときだった。

「すみません、遅くなりました」

ドアが開いて、パートの小嶋貴子(こじまたかこ)が入ってきた。

やけに慌てているのは、定時を五分ほど過ぎているためだ。坂道を駆けあがってきたのか、額に汗が浮かんでいた。

　クリーム色のハイネックのセーターを着ており、ダークブラウンのふんわりした髪が肩先で揺れている。濃紺のスカートは足首まである長めの丈で、グレーのコートを左腕にかけていた。

　装いはいつも地味だが、セーターの胸もとは大きく膨らみ、腰はキュッと細く締まっている。スカートに包まれた尻はむっちりしており、隠しきれない色気が全身から滲みでていた。

　目鼻立ちが整っており、落ち着いた大人の魅力が漂っている。そんな彼女が三十五歳になる今まで、独り身を貫いているのには、なにか事情があるに違いない。ふと見せる陰のある表情から、背負っているものの重さが感じられた。

　貴子はタイムカードを押すと、急いで更衣室に向かおうとする。そんな彼女に向かって、財前はできるだけ穏やかに声をかけた。

「おはようございます。そんなに慌てなくても大丈夫ですよ」

「お、おはようございます。でも、支配人……」

　真面目すぎるから、こんなにも焦るのだろう。なんとかして、気持ちを落ち着かせてあげたかった。

「焦ったところでいい仕事はできません。それに、怪我の原因にもなります。ご自分のお身体を第一に考えてください」

静かに声をかけながら、彼女の顔をさりげなく確認する。やはり頬がこわばり、硬い表情をしていた。

貴子は麓にあるアパートでひとり暮らしをしている。物腰の柔らかい女性だが、責任感が人一倍強く、仕事ぶりは極めて丁寧だった。そんな彼女が遅刻をしたということは、おそらく病院に行っていたのだろう。

「妹さんの具合はいかがですか？」

「はい、おかげさまで、快方に向かっています」

貴子の表情が若干明るくなる。妹のことを可愛がっている様子が伝わってきて、じつに微笑ましかった。

半年前、貴子がパートの面接に来たときのことを思いだす。

あの頃は追い詰められた表情をしていた。よほど切羽詰まっていたのだろう、まったく余裕が感じられなかった。

貴子はもともと東京の生まれだ。両親を早くに亡くしており、以来彼女は働きながら病弱な妹の面倒をずっと看てきたという。

七つ違いの妹、真由は幼い頃から身体が弱く、学校も休みがちだったらしい。そして、二十五歳のときに白血病を患った。抗がん剤治療でさらに体力が削られたが、骨髄移植の手術を受けて一命を取り止めた。

　現在は空気の綺麗なこちらの病院に転院して、療養をつづけている。貴子は妹のために東京の仕事を辞めて、ミミエデンのパートの面接を受けに来た。

「やはり信州の空気が合ってるみたいです」

「そうですか、それはよかったです」

　言葉を交わすうちに、貴子の表情が柔らかくなってくる。この様子なら、今日もいい仕事をしてくれるだろう。

「ありがとうございます。気持ちが落ち着きました」

　貴子は丁寧に礼を言うと、落ち着いた様子で更衣室に向かった。

　お客さまに気持ちよく過ごしていただくのはもちろん、従業員が元気に働けるようにするのも支配人の仕事だ。財前は社員とパートさんたちの健康状態にも、常に気を配っていた。

　自分ものんびりしていられない。今のうちに、清掃作業を終わらせなければならなかった。

　ロビーに出てみると、フロント担当の宮沢明日香（みやざわあすか）が雑巾（ぞうきん）で窓を拭いていた。

　小柄な彼女が背伸びをして、大きな窓を拭く姿は愛らしい。手を動かすたび、グレーのマーメイドスカートに包まれたヒップが左右に揺れる。上半身は白いブラウスにブラックベスト、首にはピンクのスカーフを巻いていた。

肩ほどまである黒髪は、仕事中は後ろで縛ってある。ホテル勤務歴はまだ三か月の新人だが、やる気だけは一人前だった。

ここで働く前の明日香は、就職できずにアルバイト生活を送っていたという。地元の高校を卒業して、二十二歳になる現在まで様々な職種を経験したらしい。それが突然、履歴書を持って訪ねてきた。前のフロント係の結婚退職が決まり、そろそろ募集をかけようと思っていたタイミングだった。

面接のときに尋ねてみると、「ふと山の上を見あげて、あのホテルで働きたいって思ったんです」という答えが返ってきた。

少し不思議なところもあるが、前向きな性格は買っている。常に明るいところも、ホテルマンに向いていた。とはいえ、少々失敗が多いので、まだ注意して見ておく必要があった。

財前はすでに掃除が終わっている窓に歩み寄ると、サッシのへこみに指をそっと滑らせた。

（ふむ、埃はありませんね）

毎日やっているので、さすがに窓拭きは上達したらしい。そのとき、彼女が気づいて黒目がちの瞳を向けてきた。

「あ、支配人。また一昔前の底意地悪い姑みたいなことやってますね」

少々舌足らずだが、口は達者でよくしゃべる。子猫のように愛くるしい見た目と相まって、もはやホテルのマスコット的存在だ。従業員はもちろん、常連のお客さまからも可愛がられていた。

「ちゃんと拭きましたから大丈夫ですよ」

「ええ、そのようです」

財前はサッシをなぞった指先を、自分の顔の横に掲げてみせる。

「なかなかの仕事ぶりですね。助かります」

「はいっ」

褒められた明日香は、瞳をキラキラと輝かせて元気よく返事をした。そして、別の窓を拭きに行こうとしたときだった。

「きゃっ！」

身体が宙に浮くほど盛大に転んで、思いきり床に倒れこんだ。

「いったーい」

「お怪我はありませんか」

財前が手を差し出すと、明日香は顔を真っ赤にしながら摑んで起きあがった。

「す、すみません」

どうやら怪我はないらしい。たまたまお客さまがいなかったからいいが、ロビーで派手に転倒するなんて、ホテルマンとしてはとんだ失態だ。とはいっても、勤務歴三か月の新人である。やる気だけは溢れているので、そのうち慣れてくれると期待していた。

「ところで、宮沢さん」

「はい、なんでしょうか、支配人」

明日香がくるくると動く瞳で見あげてくる。

「そろそろ、手を離していただけますか」

助け起こすときに差しだした手を、彼女はしっかり握ったままだった。本人はまったく悪気がないので困ってしまう。

「もう少し握っていてはダメでしょうか」

「お仕事がありますので。手を繋いだままでは、お掃除ができませんよね」

財前が諭すと、明日香は不服そうにしながらも手を離した。

(まったく、参りましたね)

上手く回避することができて内心ほっとする。

じつは、明日香が働きはじめてから一か月目に、「好きです」と突然告白されていた。とりあえず、「そんな冗談が言えるほど慣れたということですね」と誤魔化したが、以来、明日香の猛アタックがつづいている。予期せぬところでアピールしてくるので、気を抜くことができなかった。

「それにしても、どうしてこんなところで転んだのでしょう」

明日香が転倒した原因を探ろうと、しゃがみこんで床を確認する。

「おや、絨毯（じゅうたん）にわずかですが段差があります。ご年配のお客さまもいらっしゃいますから、あとで業者に電話をしておきましょう。事故を未然に防ぐことができました。そそっかしいあなたのおかげです」

「はあ、そうでしょうか」

財前の言葉に、明日香は今ひとつ納得いかない様子で返事をする。それでも、気を取り直した様子で窓を拭きはじめた。張り切っているので、ロビーは彼女にまかせたほうがいいだろう。

「一階のトイレ掃除はもう終わりましたか」

「あ、まだです」

明日香が手をとめて振り返る。

「では、そちらは、わたしがやっておきましょう」

たとえ支配人であってもトイレ掃除をする。珍しいことではない。互いにフォローし合うことで、このホテルはまわっているのだから。

「表の掃除、終わりました」

岩のように大きな男が、正面玄関からのっそり入ってきた。

ベルマン兼ポーターの杉崎剛志。身長百九十センチで体重百キロ、プロレスラーを思わせる大男だ。詰め襟に似たグレーの制服を着て、頭にはケピ帽と呼ばれる筒形の帽子を乗せていた。

　無口だが、見かけによらずやさしい性格だ。落ち着いているので、実年齢の三十二歳より上に見られることが多い。蒸気機関車のように黙々と働くが、ホテルマンとしてはもう少し笑顔で接客したほうがいいだろう。

「杉崎さん、相変わらず仕事が早いですね」

　声をかけると、杉崎は口もとを微かに動かした。

　付き合いの長い財前には、彼が笑ったのだとわかるが、他の人には聞き流したように見えてしまう。実際、居合わせた明日香は不思議そうに首をかしげていた。やはり彼には、正しい笑い方を教えたほうがよさそうだ。

「タドさんを手伝ってきます」

　杉崎はぼそっと言うと、巨体に似合わぬ軽いフットワークで厨房へ向かった。

　タドさんとはシェフの田所竜太のことだ。財前も厨房に用事があったことを思いだし、早足で杉崎の後を追いかけた。

厨房に入ると、田所が掃除の最中だった。

白いコック服に長い帽子を被っている。料理人歴四十年、五十五歳のベテランだが、モップを持って床を掃除していた。

食品を扱うので衛生面には気を遣う。大きなホテルなら、洗いものや掃除は若い者の役目だ。ところが、ミミエデンの厨房担当は田所だけなので、基本的にひとりでこなさなければならない。彼が休みの日は、調理師免許を持っている財前が代役を務めるシステムになっていた。

田所は厳めしい顔をした職人で、日本料理からフレンチまで器用になんでもこなす。一流ホテルから何度も誘われているが、すべて断ってここに残っていた。料理の腕も確かなら、恩義を大切にする男気も本物だった。

「タドさん、自分はなにを」

「おう、スギ、助かるよ。洗いものを頼んでいいか」

杉崎が声をかけると、田所がすかさず指示を出す。一見気むずかしそうなシェフだが、話せば親しみやすい性格だった。

杉崎の後ろに財前がいることに気づき、田所が人懐っこそうな笑顔を向けてきた。

「支配人が来るってことは、メニューの変更だな」

さすがに察しがいい。財前とは長い付き合いになるので、細々とした説明は必要なかった。

「今夜のディナー二名分です。肉料理を魚料理に変更できますか？」

先ほど本日チェックインする予定のお客さまから電話があり、急遽、変更してほしいと頼まれた。できる限り、ご要望にお応えすることにしている。まだ夜まで時間があるので、対応可能と判断した。

「無理を言ってすみません」

「それくらい、どうってことないさ。あんたには……借りがあるからな」

田所はまかせておけとばかりに片頬に笑みを浮かべて、従業員のまかないを作りはじめる。やはり頼りになるシェフだった。

杉崎は慣れた様子で洗いものをしている。体は大きいが意外に手先は器用で、どんな仕事もそつなくやってくれるので助かっていた。

四人の正社員にパートの女性たち。みんなの協力があってはじめて、このホテルが成りたっている。普段、あまり言葉にする機会はないが、感謝の気持ちを忘れたことはなかった。

「田所さん、杉崎さん、よろしくお願いします」

財前が深々と頭をさげると、田所は「あいよ」と軽く返事をして、杉崎は無言で頷いた。

「では、わたしはトイレ掃除をしていますので、なにかあったら呼んでください」

厨房を後にして、一階のトイレに向かう。

今日も様々なお客さまがやってくる。午後のチェックインまでに、準備を整えなければならない。とにかく、ホテルマンの一日は忙しかった。

2

午後二時、一台のタクシーがミミエデンの正面玄関に停まった。

一組の男女が降車するのが見えた。どうやら、本日ご予約いただいたお客さまらしい。チェックインは三時からなので、ずいぶん早いご到着だ。とはいえ、こういうケースは珍しくなかった。

(宮沢さん、お願いしますよ)

フロントに立っていた財前は、隣の明日香に目配せする。彼女は意図を察して、緊張気味に小さく頷いた。

何事も経験だ。ホテルマンの成長の近道は、少しでも多くのお客さまと接することである。財前はそのことを身をもって学んでいた。明日香にもたくさん経験を積んで、早く一人前になってもらいたかった。

ロビーの隅には、いつの間にか杉崎が待機している。お客さまの荷物を運び、部屋まで案内するのがベルマン兼ポーターである彼の役目だった。

「いらっしゃいませ」

お客さまが入ってくると、明日香が笑顔で挨拶する。財前も挨拶するが自分は脇に避けて、明日香をフロントの中央に立たせた。

女性客が前を歩き、連れの男性客が両手にひとつずつキャリーバッグを引いて、後ろをついてくる。これだけでも、二人の力関係が想像できた。

女性は毛皮のコートを羽織っており、なかには真紅のドレスを纏（まと）っている。ブランドもののハンドバッグを持ち、耳にはダイヤモンドのピアスが光っていた。

年の頃は三十前後だろうか。街を歩けば、誰もが振り返るであろう華（はな）がある。マロンブラウンのウェーブのかかった髪を揺らして、真っ赤なハイヒールの足を運ぶ仕草は自信に満ち溢れていた。

男性は濃紺のストライプのスーツを着ており、いかにも軽そうな雰囲気だ。茶色に染めた髪を立てて、ニヤニヤしながら歩いてくる。年は二十代前半、大学生でもとおりそうだが、そこはかとなく水商売の匂いが漂っていた。

「ご予約のお客さまですか？」

明日香がにこやかに接客する。財前は隣で顧客名簿のチェックをしながら、その様子をさりげなく観察していた。

「ええ、末原（すえはら）よ」

女性客が表情を変えることなく、穏やかな声で告げる。男は黙って彼女の後ろに立ち、あたりをキョロキョロ見まわしていた。

「末原さまですね。お待ちしておりました。こちらに、お名前とご連絡先のご記入をお願いいたします」

宿泊者名簿をカウンターに置き、ペンを手渡す。丁寧な流れで悪くない。女性客もさらさらと記入した。名前は「末原美咲（みさき）」、住所は東京となっている。職業欄と年齢欄は無記入のままだった。

「お客さま」

明日香が男性客に呼びかけた。

ところが、彼はそっぽを向いたまま気づかない。磨きあげられた窓ガラスに映った自分の姿を見て、しきりに前髪を気にしている。真性のナルシストなのか、己（おのれ）の姿に酔っていた。

「春樹（はるき）、あなたのことよ」

美咲が振り返って声をかける。すると、男は慌ててカウンターに歩み寄ってきた。

「俺っすか？」

見た目どおり口調も軽い。それでも、彼女には気を遣って、わざとらしいくらい柔らかい笑みを向けていた。

「お手数おかけいたしますが、お願いいたします」

「ここに書けばいいの？」

ペンを持つと、ようやく判読できる文字で「辻田春樹」と走り書きする。職業欄には堂々と「ホスト」、年齢欄には「二十三」と記入した。

「ありがとうございます。それでは、お部屋ですが――」

明日香が言いかけたとき、美咲が「ちょっと」と口を挟んだ。

「洗面所に行きたいんだけど、よろしいかしら」

「あ、はい、そちらの廊下を進んでいただいたところにございます」

美咲が小さく頷くと、すかさず春樹が背後にまわり、毛皮のコートをそっと脱がせて受け取った。さすがにホストだけあって、このあたりの動きは感嘆するほど自然で滑らかだ。

ドレス姿になった美咲は、まるで真紅の薔薇が咲いたように華やかだった。スレンダーで手足がすらりとしているが、ドレスの胸は大きく膨らんでいる。モデルと見紛うようなオーラを纏っていた。

「春樹は待っててね」

「はい、わかりました」

春樹がコートを手にしたまま、慣れた様子で頭をさげる。美咲は満足げに微笑み、しなやかな足取りで廊下の奥に消えていった。

「おいっ」

いきなり、春樹の態度が豹変した。

「そこのでかいの、ボーッと突っ立ってんじゃねえよ」

どうやら美咲には頭があがらないが、基本的に横柄な人物のようだ。

怒鳴りつけられた杉崎が、表情を変えずに歩み寄ってくる。この巨体を見ても春樹は怯むことなくコートを突きだした。

「持ってろ。それがおまえの仕事だろう」

杉崎は無言で受け取るが、腹のなかではどう思っていることか。とはいえ、昔とは違って彼も我慢を覚えたので、面倒なことにはならないだろう。

(杉崎さん、強くなりましたね)

財前が心のなかで声をかけたとき、春樹がカウンターに肘をつき、明日香の顔を覗きこんだ。

「へえ、キミ、明日香ちゃんって言うんだ」

胸につけているネームプレートを見て、なれなれしく呼びかける。

「すっごく可愛いね。とりあえず、メアド交換しない？」

まれに女性従業員に声をかける客もいるが、ここまであからさまなのは珍しい。しかも女性といっしょに来ているのに、いったいなにを考えているのだろう。

「こちらに、当ホテルのメールアドレスが記載されております」

明日香がパンフレットを出してカウンターに置く。笑顔は崩さないが、頬の筋肉が微かにこわばっていた。

「いやいや、そうじゃなくて、明日香ちゃんのケータイのアドレスを教えてよ」

「えっと、それは……」

助けを求めるように、明日香がチラリと視線を向けてくる。財前はひとりで対処させようと、あえて顔をすっと背けた。

（もう少しがんばってください。これは宮沢さんのためなんです）

すぐに助けてしまっては勉強にならない。ときには、無茶を言ってくるお客さまもいるが、それらを上手くクリアする力も必要だった。

「今度、俺と食事に行かない？」

春樹はただのナンパ男に成りさがっている。いっしょに来た美咲の存在は、頭から消えているようだった。

「そういうことは……」

「じゃあ、夜景でも見に行こう。休みはいつ？　東京から車で迎えに来るからさ」

なかなか手強い相手だ。明日香がやんわり断ろうとしているのに、構うことなくグイグイ押しまくる。勢いでデートを承諾させるつもりなのかもしれない。

「いいじゃん、遊びに行こうよ」

「困ります、そういうの。やめてください。わたし、心に決めた人がいるんで」

明日香はあからさまに迷惑そうな顔をすると、春樹をにらみつけるようにしてきっぱりと言い切った。

「なんだ、おまえ？」

途端に春樹の目つきが鋭くなる。拒絶されたことで、気分を害したのは間違いない。面倒なことになりそうな予感がした。

「俺は客だぞ。客にそんな態度取っていいのかよ。ちょっと可愛いからって、調子に乗ってんじゃゃねえぞ」

激昂してカウンターに身を乗りだすと、罵詈雑言を浴びせかける。言いがかりもいいところだが、下手に反論すれば火に油を注ぐだけだ。ホテルマンとしては、お客さまを怒らせない対処をしなければならなかった。

「うぅっ……」

明日香はなにも言えなくなってしまう。うつむいて下唇を噛み締めると、今にも泣きだしそうになった。もう彼女ひとりでは対処できない。下手にこじらせる前に、助け船を出したほうがいいだろう。

「辻田さま」

財前は明日香をそっと押し出すようにして、お客さまの正面に立った。

「誰だよ、男には興味ねえぞ」

「申し遅れました、当ホテルの支配人、財前和久と申します」

ことさら丁重に頭をさげる。こういう難癖をつける相手の場合、付け込まれないようにしながら、謝罪しなければならなかった。

「フロント係が大変失礼いたしました。当ホテルでは、従業員にお客さまとの個人的なやり取りを禁じております」

「だったら、最初からそう言えばいいだろう」

春樹がにらみつけてくるが、財前は毅然とした態度を崩さない。

「申し訳ございませんでした。よろしければ、特別にわたくしのメールアドレスをお教えいたします」

「はあ？　なに言ってんだ。あんたのメアドなんかいらないっての」

文句を言うばかりで、なかなか引きさがろうとしない。明日香は隣で小さくなっており、杉崎はロビーの壁際からじっと様子を見つめていた。

「ご滞在中のレジャー情報などを、随時メールにて辻田さまの携帯電話にお知らせできますが、いかがでしょうか」

「そんなことされたら、逆に迷惑だ！」

春樹の声がますます大きくなる。そこに美咲が洗面所から戻ってきた。

「どうしたの、大きな声を出して」

あまり驚いた様子はない。それどころか、妙に穏やかな口調だった。

「せっかく旅行に来たんだから、喧嘩をしたらダメでしょう」

諭す口調も慣れている。もしかしたら、こういう場面を何度も目撃しているのかもしれない。

「ちょっとお話をしていただけだよ。ごめんよ、美咲さん、余計な心配かけて」

急に大人しくなった春樹が、猫撫で声で美咲に擦り寄った。

「あなた、支配人さん？　お騒がせしてすみません」

美咲は上品に謝罪すると、春樹にも頭をさげさせた。

「とんでもございません。それでは、お部屋にご案内させていただきます」

目配せするまでもなく、杉崎が素早く近づいてくる。キャリーバッグを受け取り、二人といっしょにエレベーターに向かった。

美咲は歩きながら、春樹の腕に手を添えた。

セレブが若い男に入れこんでいるように見える。すると、春樹も彼女のくびれた腰にそっと手をまわした。

まったく調子のいい男だ。おそらく、二人はホストと客の関係だろう。春樹にとって美咲は太客、つまりはただの金ヅルだ。搾り取れるうちは、ご機嫌を取りつづけるに違いなかった。

「さて、宮沢さん」

二人の姿が見えなくなると、財前は明日香に声をかけた。

「先ほどの接客は、あまりよくなかったですね」

不満があるのだろう、彼女は頬をぷぅっと膨らませて無言の抗議をする。言いたいことはわかるが、今は勉強の期間なので厳しくいかなければならない。

「お客さまを怒らせてしまったのは失敗でした」

「じゃあ、どうすればよかったんですか？」

「正解はひとつではありませんが、先ほどのわたしのように、あくまでも穏便にすませないといけません。でもまあ、最初の応対はなかなかよかったです」

「えっ、そうですか？」

「少々早口でしたが、まあ、合格点でしょう」

いたらない点はしっかり注意するが、いいところを見つけてフォローするのも支配人の役目だ。気づくと、それまで頬を膨らませていた明日香が、瞳を輝かせて見つめていた。

(ちょっと褒めすぎたかもしれませんね……)

財前は平静を装いながら、人を育てるむずかしさをあらためて実感した。


ディナーは夕方六時から、一階にあるレストランで食事を摂っていただくことになっている。ところが、美咲と春樹は七時になっても現れなかった。

田所は厨房から客席を覗いており、財前は配膳係としてホールに立っている。杉崎は皿をせっせと洗い、明日香はフロントを担当していた。

「ずいぶん遅いなぁ」

田所が困ったようにつぶやき、溜め息を漏らす。

料理の下ごしらえは終わっているので、美味しいうちに食べてもらいたい。それが料理人の本心だろう。すでに他の客は食事を終えて、残すは美咲と春樹だけになっていた。

「ちょっと電話をかけてみます」

財前も調理師免許を持っているので、田所の気持ちが多少なりともわかった。内線電話をかけようとしたとき、春樹が慌てる様子もなくやってきた。

「お待ちしておりました。こちらのお席にどうぞ」

すかさず窓際の一番いい席に案内しようとする。ところが、春樹は無視して奥に進み、厨房に近い席に腰をおろした。

「ここがいいや。とりあえずビール」

椅子にふんぞり返って注文する。なぜか、美咲の姿が見当たらなかった。

「お連れの方は？」

「ああ、美咲さんなら疲れたからって寝てるよ」

「さようでございますか」

「なにをして疲れたか、教えてやろうか？」

春樹は唇の端(はし)をにやりと吊りあげる。その表情を見ただけで、なにをしていたのか想像がついた。

上流階級を思わせる美咲が、若さだけが取り柄(とりえ)のような男に抱かれている場面を思い浮かべる。疲れきって起きあがれないほど、激しい情交だったのかもしれない。あのスタイル抜群の女性が、どのように乱れるのだろうか。

「わかりかねます」

財前は感情を押し殺し、表情をいっさい変えず、ことさら丁寧に答える。すると、春樹は小馬鹿にしたように片頬に冷笑を浮かべた。

「へへっ、教えないよ。食い物とビール、早く持ってきて」

「かしこまりました」

それくらいのことで腹を立てる財前ではない。お客さまのプライベートを追及するつもりなど毛頭なかった。

厨房に向かうと、食事が一名分になったことを田所に伝えた。

じつは今朝、肉料理を魚料理に変更したのは、美咲と春樹の二人だった。急遽メニューを変えたのに、それが土壇場でさらに一名分になってしまう。それでも、この道四十年のベテランシェフは、最高の料理を作ってくれた。

「お待たせしました」

白身魚のムニエルをテーブルに運ぶと、途端に春樹は不機嫌な顔になった。

「魚かよ。俺、肉の気分なんだよね」

「お連れさまのご要望で、肉料理から変更させていただきました」

「マジで？　俺に訊(き)かないで、そんな勝手なことしたのかよ。ったく、しょうがねえな。じゃあ、それでいいよ」

春樹はムニエルを食べはじめたが、すぐにナイフとフォークを置いた。

「なんだこれ？」

わざとらしく大きな声をあげると、ビールを口に含んで飲みくだす。まるで、不味(まず)

い物を無理やり食べたと言いたげな仕草だった。

「思ってた味と違うな。銀座のはもっと美味（うま）かったよ」

知ったかぶりをするが、田所を越えるシェフはそういない。本当に味がわかるとは思えなかった。

「まあ、ど田舎（いなか）だし、こんなもんか」

失礼極まりない言動だ。日ごろは寡黙（かもく）で表情を変えることがない田所も、春樹の暴言には我慢ならない様子だ。無言でこめかみに青筋を立てていた。

(田所さん、抑えてください)

財前は目で伝えると、春樹に歩み寄った。

「辻田さまは、舌が肥えていらっしゃるようですね」

「そりゃそうだよ、俺は料理にはうるさいんだ。銀座とこんなちっぽけなホテルじゃ比べ物にならないって」

鼻で笑い飛ばしては、ビールをがぶ飲みする。もう料理は食べないのか、パンばかり齧（かじ）っていた。

「では、フランス産の美味しいチーズがあるので、ぜひお召しあがりください」

財前が視線を向けると、田所はすぐに理解して厨房の奥に向かった。すぐに皿を手にして戻ってくる。そこには、白カビに覆（おお）われたチーズがごろんと載っていた。

「なんだこれ？」

春樹が怪訝（けげん）な顔をする。食通を気取っているが、やはり知らないようだった。

「本場フランスのシェーブルチーズです」

財前は田所から皿を受け取ると、テーブルにそっと置いた。

シェーブルチーズとは、山羊乳から作られたチーズで特有のクセがある。とくに田所が好んでいるのは獣臭が強く、通にはたまらないが、初心者にはかなりきつい代物（しろもの）だった。

「食通でいらっしゃる辻田さまなら、もちろんご存じですよね。こちらは、味がわかる特別なお客さまだけにお出ししているものです」

「ああ……これ、美味いんだよね、知ってるよ」

そんなことを言いながら、春樹はナイフでチーズを切ると、慣れた振りをして口に放りこんだ。

「うっ！」

強烈な臭いがひろがったのは間違いない。顔をしかめてビールを飲み、慌ててチーズを流しこんだ。

「お、おい……」

よほど口に合わなかったらしい。春樹は怒りを露（あら）わにしてにらみつけてきた。

「どうかなさいましたか？　こちらはサービスとなっておりますので、すべて召しあがっていただいて結構ですよ」

財前が勧めれば、隣で田所も「どうぞ、遠慮なさらずに」と付け加える。追い詰められた春樹は、顔を真っ赤にして「ううっ」と唸り、いきなり椅子をガタッと鳴らして立ちあがった。

「もうよろしいのですか？」

「俺は少食なんだ」

不機嫌そうに吐き捨てると、肩を揺らしながらレストランを後にした。

「支配人、あんたもやるね」

二人きりになり、田所が楽しそうに声をかけてくる。だが、財前は笑うことができなかった。

「もっと上手な対処方法があったかもしれません。わたしとしたことが、ちょっと感情的になってしまいました」

こんなことでは、明日香を指導する資格はない。

盟友である田所を侮辱されて、苛ついてしまった。たとえ無礼だったとしても、お客さまであることに変わりはない。少しやりすぎてしまったと反省した。

3

フロントが閉まるのは夜十時だ。

それまでに、四人の正社員は順次、ホテル裏手にある社員寮に引きあげて、翌日に備えて体を休める。とはいっても、お客さまが宿泊されているので、緊急のときには対応しなければならない。十時以降の宿泊客からの問い合わせは、社員寮の支配人の部屋への直通電話となっていた。

財前はシャワーを浴びると、文庫本を片手に横になった。

寝る前に小説を読むのが習慣になっている。サイドスタンドのぼんやりした明かりのなかで、お気に入りの作家が紡(つむ)いだ文字を追うのが至福のときだった。

今、読んでいるのは、難病を患った妹を養うために、苦労しながら働く姉が主人公の小説だ。極貧のなかでの姉妹愛がリアルに描かれており、ついパートの小嶋貴子と重ねてしまう。

小説は資産家の男性と結ばれて、妹も奇跡的に回復するというハッピーエンドを迎える場面だ。貴子もいい男性と巡り会い、幸せになってほしかった。

（いや……）

心のなかで否定する。

幸せになってほしいと思う反面、彼女が誰かのものになるのは複雑な気分だ。普段は冷静沈着な財前だが、なぜか貴子のことになると心が乱れてしまう。

小さく頭を振り、今日一日のことを思い返す。

少々やっかいなお客さまもいたが、さほど珍しいことではない。長年、支配人をしていれば、いろいろなことが起こるものだ。なにもなければ平和だが、それはそれで淋（さび）しいと思ってしまうのがホテルマンの性（さが）だった。

欠伸（あくび）が漏れたので、文庫本を閉じてサイドテーブルに置き、スタンドの明かりを消した。

トゥルルルッ――。

内線電話の呼び出し音でハッと目が覚めた。

反射的にスタンドの明かりをつけて、受話器に手を伸ばす。時計を見やると、ちょうど深夜零時だった。

「はい、支配人です」

努めて冷静な声を出しながら、ベッドの上で身を起こした。

『あ、俺、辻田ですけど』

受話器から聞こえてきたのは春樹の声だった。散々やりとりしたので、すぐに顔が思い浮かんだ。

「どうかされましたか？」

『美咲さんの具合が悪いから、ちょっと来てくれないかな』

春樹の声はやけに小さい。美咲を起こさないように気を遣っているのだろうか。

「それはいけませんね。ご病気でしょうか」

『よくわからないから電話をかけたんだ。とにかく早く来てくれよ』

この様子だと、症状を聞きだすのはむずかしそうだ。いずれにせよ、急病人なら早急に対応したほうがいい。すぐに向かうことを伝えると、財前は素早くスーツに着替えて寮を後にした。

いったん事務室に寄り、念のためマスターキーを持って、美咲と春樹が宿泊している部屋に向かった。

ドアを軽くノックする。ところが、どういうわけか返事がない。もう一度ノックしてみるが、結果は同じだった。

美咲は具合が悪くて寝ているとしても、電話をかけてきた春樹が出てこないのはなぜだろう。なにか腑に落ちないが、呼びだされた以上、確認しないわけにはいかなかった。

「失礼いたします」

財前はマスターキーを使って解錠すると、慎重にドアを開けた。

薄暗いなかを数歩進んで立ち止まる。ダブルベッドの枕もとに置かれたスタンドだけが灯(とも)っており、弱い明かりが客室内を照らしていた。

ダブルベッドの掛け布団が膨らんでいる。ただ、財前の位置からは、寝ている人物の顔を確認できない。窓際にテーブルと椅子があるが人影はなく、浴室の明かりは消えていた。

「お客さま」

無闇に近づかず、離れた位置からベッドに向かって呼びかける。ところが、ぐっすり眠っているのか反応はなかった。

「お加減はいかがですか？」

命にかかわる病気だったら一刻を争う。財前は躊躇(ちゅうちょ)することなく、声をかけながら歩み寄った。

ベッドサイドに立つと、スタンドに照らされた寝顔がはっきり見えた。掛け布団で口まで覆っているが、横になっているのは美咲に間違いなかった。

「末原さま」

腰を少しかがめて、もう一度呼びかけてみる。すると、彼女は微かに唸り、身じろぎした。

「んん……」

瞼がゆっくり開いていく。最初は虚ろだった瞳が、財前の姿を捉えて、ほんの少し見開かれた。

「あ……あなたは？」

「お気づきになられましたか。わたしは支配人の財前です」

「どうして、支配人さんが……」

美咲が慌てて上半身を起こそうとする。

「ご無理をなさらないでください」

財前はとっさに手を差しだすと、彼女の背中を支えた。

ところが、手のひらが触れた瞬間、全身の筋肉に力が入った。なぜか皮膚の感触が直に伝わってくる。そこにあるはずの浴衣なり、パジャマなりの感触がない。予想外のことが起こり、とっさに対処法が思いつかなかった。

（これは、いったい……）

支えた以上、手を離すわけにはいかない。中腰の姿勢で彼女の背中に手をあてがっていると、掛け布団がはだけて大きな乳房が露わになった。

「むっ……」

さすがの財前も焦ってしまう。頭ではいけないと思っているのに、目を逸らすことができなかった。

サイドスタンドの弱々しい光に照らされた乳房は、まるで熟した白桃のようにたわわだった。下膨れしており、重たそうにゆっさり揺れている。滑らかな曲線の頂点では、濃い紅色の乳首が鎮座していた。

「女の胸が、そんなに珍しい？」

美咲が穏やかな声で語りかけてくる。気を悪くした様子はない。むしろ、からかうような響きが感じられた。

「し、失礼しました」

慌てて視線を逸らすが、網膜には彼女の乳房が焼きついている。表面上は平静を装っていても、内心では動揺していた。

「驚かせてしまってごめんなさい」

彼女はまったく悪びれた様子もない。露わになった乳房を隠そうともせず、財前の手のひらに支えられたまましゃべりつづける。

「寝るときは、なにも身につけない主義なの。身体に下着の跡がつくから。若ければすぐに消えるからいいけど、わたしくらいの年になるとね」

美咲は少し肩をすくめて、三十一歳だと教えてくれた。

「まだまだお若いと思います」

普段ならさらりと言える台詞も、この状況だと緊張してしまう。声が上擦らないよう、抑えこむのに苦労した。

「ふふっ、ありがとう。それにね、開放的なのが好きなの」

彼女の言うことが本当なら、パンティも穿いていないことになる。布団で覆われている下半身が気になってしまうが、今は妄想をしている場合ではなかった。

「辻田さまから、お連れさまの具合が悪いと連絡を受けたのですが」

ここに来た経緯を説明すると、美咲は誰も寝ていない隣をチラリと見て溜め息を漏らした。

「わたしなら大丈夫、どこも悪くないわ。まったく、あの子は……」

なにか事情があるようだ。心底呆れたようにつぶやくと、財前の目をじっと見つめてきた。

「あなた、なかなかいい男ね」

「あ……ありがとうございます」

突然の褒め言葉に驚いてしまう。なにしろ、相手は乳房を晒したままなので、冷静に言葉を返すことができなかった。

「支配人さん、もっと顔を近づけて」

「それは、ちょっと……」

さすがにまずいと思い、やんわり断ろうとする。ところが、彼女は眼球だけ動かして、ベッドの左手にあるクローゼットを示した。

どうやら、なにか事情があるらしい。財前は緊張しながら顔を寄せていった。

「もっとよ」

首に手をかけられて、グイッと引き寄せられる。財前はほとんど覆い被さる状態になり、両手をシーツについた。

「たぶん、あの子はクローゼットのなかよ」

息がかかる距離で、美咲は声を潜(ひそ)めて囁(ささや)いた。

(……え?)

財前は声に出すことなく、目顔で聞き返す。そして、彼女と同じように眼球だけ動かして、クローゼットを確認した。

スタンドの光が弱いので、はっきりわからない。だが、そう言われてみると、木製の扉が微かに開いているような気がした。

「以前にも同じようなことがあったの」

美咲の声はようやく聞き取れるほど小さかった。

「支配人さんにやりこめられて不機嫌だったから、馬鹿な仕返しを考えてるのよ。自分が悪いのにね」

過去にも二人で旅行した際、春樹は宿泊したホテルの支配人が気に入らなくて、罠(わな)にかけたことがあるという。

今頃、クローゼットのなかでカメラを構えているはずだ。財前が美咲を襲っているように見える写真を撮り、後で金を脅し取るつもりらしい。支配人なら、ホテルの名前に傷がつくのを恐れて、いくらでも払うだろうという算段だった。

早い話が恐喝だ。前回は美咲が諭したことで未遂に終わったが、懲(こ)りずにまたやろうとしているらしい。

「春樹にも困ったものだわ……。気づいてると思うけど、わたし、あの子と浮気しているの」

美咲の夫はIT会社の社長で、仕事にのめりこんで家庭を顧(かえり)みないという。淋しさを紛(まぎ)らわせるためホストクラブに通い、やがて春樹と深い仲になっていた。

「少しお仕置きが必要だから、悪いけどあなた、協力してくれないかしら」

「協力、と申しますと？」

相変わらず顔が近くて緊張する。彼女が口を開くたび、甘くかぐわしい息が漂ってきた。

「セックスには自信あるでしょ？」

「そんなことはございませ――ううっ」

財前の声は途中で呻(うめ)き声に変わってしまう。彼女の手が下半身に伸びて、スラックスの上から男根を握ってきたからだ。

「謙遜(けんそん)してるのね。あなた、渋めのいい男よ」

「そ、そういうことは……」

驚きを隠せないが、手を振り払うことはできない。お客さまを邪険に扱うなど以(もっ)ての外(ほか)だ。とはいえ、このままというわけにもいかなかった。

「お手を離していただいても……」

「あら、客の要望にはできる限り応えるのがホテルマンじゃなくて？」

それを言われると弱かった。美咲は様々な一流ホテルに宿泊経験があるらしく、ホテルマンの心得を理解していた。

「それにほら、もう大きくなってきた」

彼女の手つきは絶妙で、布地越しに撫でまわされている分身が、いつの間にか芯を通している。むくむくと膨らみ、あっという間に硬くなってしまった。

「もうこんなに……ああ、素敵」

美咲はもはや声を抑えるつもりはないらしい。スラックスの上から肉棒を握り締めて、ゆっくりとしごきあげていた。

「ううっ、す、末原さま」

女性客に好意を持たれることはあるが、ここまでされるのは初めてだ。どうあしらえばいいのかわからず、困惑しているうちにファスナーをおろされしまった。

「これ以上は……」

「困っている客を助けるのは、支配人の仕事じゃないの？」

「そのとおりでございます」

「わたし、すごく困ってるの。それに……」

美咲は話しかけながら、スラックスの前からすでに硬くなっているペニスを引きだした。

「すごく大きいわ」

ほっそりとした指が、竿の部分に絡みついてくる。ゆるゆるしごかれると、早くも先端から透明な汁が溢れだした。

「むむっ……」

「あの子を懲らしめたいの」

我慢汁を塗り伸ばしながら手コキされる。ヌルヌルと滑る感触が、たまらない快感を生み出した。

「す……末原さま」

「自分が仕掛けた罠で、わたしが抱かれるところを見せつけるの。きっと反省して、二度とこんな馬鹿なことはしなくなるわ。ねえ、お願い、支配人さん。それとも、わたしにここまで言わせて、なにもしないなんて、お客に恥をかかせるつもりなの？」

真剣な瞳で懇願（こんがん）されると断れない。

お客さまのご要望には、できる限りお応えするのが支配人の務め。オファーがあれば誠心誠意尽くすのが、財前のスタンスである。

「かしこまりました」

財前は覚悟を決めた。初のケースではあるが、この場はこうするしか方法がなかった。それに、男として彼女に興味を惹（ひ）かれていることも否定できなかった。

「では、なんなりとおっしゃってください」

「裸になって、ベッドにあがってもらえるかしら」

美咲はそう言うと、躊躇することなく掛け布団を取り払ってしまう。すると、一糸纏わぬ女体が露わになった。くびれた腰から逆三角形に生え揃った陰毛まで、すべてが惜しげもなく晒された。

（これは、見事な……）

女性の全裸を目にするのは久しぶりだった。

つい視線を奪われながらも、彼女の声に従ってダークスーツを脱いでいく。ボクサーブリーフに手をかけると、さすがに不安がこみあげてくる。春樹の存在が気になり、クローゼットをチラリと見やった。

「見ちゃダメよ。春樹がクローゼットから出てくることはないわ。あの子、生意気だけど、本当はすごく気が小さいの」

美咲の言葉に後押しされて、財前は隆々と屹立したペニスを剝きだしにした。

彼女に誘導されるまま、ベッドにあがって仰向けに横たわる。男根がこれでもかと反り返っているのが気恥ずかしかった。

「引き締まった体をしてるのね」

添い寝をした美咲が、耳に息を吹きかけながら股間に手を伸ばしてくる。竿に指を巻きつけると、またしても我慢汁を潤滑油にしてしごきはじめた。

「もうビンビンじゃない。すごいわ」

「ううっ……そ、それほどでもありません」

ゆったりとした動きで、焦らすように刺激される。新たな汁が次から次へと溢れだし、彼女の指を濡らしていった。

「お汁がいっぱいよ、そんなに気持ちいいのかしら?」

どこか品を感じさせる声で尋ねられて、耳たぶをそっと甘嚙みされる。その瞬間、背筋がゾクリとする快感が走り抜けた。

「くううっ」

さらには、耳のなかに舌が入りこみ、ヌルヌル舐めまわされる。指はカリの段差を集中的に擦り、腰が震えるほどの甘い刺激を送りこんでいた。若いホストと不倫しているだけのことはある。彼女は男の感じるポイントを的確に愛撫してきた。

「支配人さん……」

美咲が覆い被さるようにして、顔を近づけてくる。どうやら、キスをするつもりらしい。

「大丈夫でしょうか？」

財前は覗いている春樹のことを意識して、小さな声で問いかけた。

ホストである春樹にとって、美咲とのことは打算的なものではあるが、付き合っている相手が他の男と口づけを交わしている姿を見るのは面白くないだろう。

「あの子のことは気にしないで。それより、キスくらいしないと気分が出ないでしょう……ンンっ」

柔らかい唇が重なり、すぐに舌がヌルリと入りこんでくる。舌をねっとり絡め取られて、甘い唾液を注ぎこまれた。もちろん、手コキも継続しており、なおのこと男根はそそり勃った。

（ああ、なんて気持ちいいんだ）

財前は喉の奥で唸り、胸のうちでつぶやいた。

最後に女性を抱いたのは何年前だろう。前の仕事をしていたときは、真剣に交際していた女性も何人かいた。少なくとも財前は本気だったが、結局、誰とも上手くいかなかった。今にして思うと、財前の肩書きに吸い寄せられてきたのだろう。淋しいけれど、そう考えるのが自然だった。

ホテルマンに転職してからは仕事一筋だ。なにしろ、まったく違う業界にいたので慣れるまでは苦労した。女性と交際する時間などあるはずがなく、とにかく毎日が必死だったのだ。

「はンンっ」

美咲がやさしく舌を吸ってくれる。唾液を啜られて飲まれると、ゾクゾクするような快感がひろがった。

「おしゃぶりさせて」

唇を離して囁き、下半身へとさがっていく。彼女は財前の脚の間に入りこんでうずくまると、陰嚢に両手をあてがってきた。

「うおっ、そ、そこもですか」

思わず声が漏れてしまう。陰嚢を手のひらで包みこまれて、やわやわ揉みしだかれるのが心地いい。

触れられていないのに、竿が物欲しげにヒクヒク揺れてしまう。透明な汁はとめどなく溢れて、亀頭をしっとり濡らしていた。

「見かけによらず、逞しいんですね」

美咲は嬉しそうに囁くと、麗しい唇を亀頭に近づけてくる。サイドスタンドの弱々しい光のなか、ペニスの先端にそっとキスをした。

「くうっ……す、末原さま」

「ふふっ、たっぷり可愛がってあげる」

彼女は口もとに笑みを浮かべると、亀頭をぱっくり咥えこむ。カリ首を柔らかい唇で締めつけて、じりじりと呑みこんでいった。

「ンふっ……はむぅっ」

「こ、これは……おおっ」

股間を見おろせば、気品のある女性が陰茎を口に含んでいる。舌も使って、口内で裏筋をくすぐっていた。

（こんなことが、現実に……）

ふと我に返ってしまう。お客さまにペニスをしゃぶらせるなど、想像もしていなかった。この状況はホテルマンにあるまじき行為だ。だからこそ、背徳感が刺激されて興奮が大きくなってしまう。

「あふンっ、また大きくなったわ」

いったん男根を吐き出すと、美咲が濡れた瞳で見あげてくる。そして、視線を重ねたまま、再び亀頭に唇を被せてきた。

「もっと大きくしてあげる」

唇が胴体に密着して、スローペースでスライドする。同時に陰嚢を揉みほぐされ、睾丸をやさしく転がされた。

「はふっ……ンンっ……あふンっ」

彼女が首を振ることで、陰茎が甘く擦られる。尿道口を舌で舐めまわされて、思わずシーツを握り締めた。

「くっ……お上手ですね」

先走り液がとまらない。快感がどんどん大きくなり、やがて射精感がこみあげてくる。それをわかっているのか、美咲の首振りのスピードが速くなった。

「ン……ンっ……ンンっ」

「ちょ、ちょっと、刺激が強すぎます」

慌てて訴えるが、彼女はやめようとしない。根元まで咥えこんで、思いきり吸引してきた。

「はむううッ」

「おおおッ、そ、それは……」

奥歯をぐっと食い縛り、押し寄せてくる快感の波を耐え忍ぶ。気を抜くと、一気に決壊してしまう。両脚を思いきり突っ張り、尻の筋肉を引き締めた。

「むはぁっ……ふふっ、持久力もあるんですね」

美咲はようやく股間から顔をあげると、男根を愛おしそうに撫でまわしてくる。そして、ごく自然な流れで股間にまたがってきた。両膝をシーツにつけた、騎乗位の体勢だった。

4

「もう、欲しくなっちゃったわ」

亀頭の先端が陰唇に触れる。すでに濡れていたらしく、ヌチャッという湿った音が聞こえてきた。

「本当に、よろしいのですか？」

今さらながら、尋ねずにはいられない。お客さまと交わることだけではなく、春樹が覗いていることも気になった。

「安心してください」

美咲は両手を背後につき、股間を突きだす格好になる。そうすることで、紅色に濡れ光る恥裂が丸見えになった。

逆三角形に手入れされた秘毛の下に、アーモンドピンクの割れ目が覗いている。フエラチオしたことで興奮したのか、スタンドの光を浴びた肉厚の陰唇は、しとどの蜜で潤っていた。

「これなら、わたしが犯されているようには見えないでしょ？」

腰を軽く揺すり、亀頭を淫裂に擦りつける。愛蜜と我慢汁が混ざり合い、ヌルヌルと滑る感触に期待感が高まった。

「くっ……ううっ」

「ああンっ、ねえ、わたしのなかに入りたい？」

溜め息混じりに尋ねてくる。腰をくねらせるたび、大きな乳房が波打つのも興奮を煽りたてた。

「す、末原さまのなかに、入りたいです」

彼女が望んでいるであろう答えを口にする。だが、財前自身が昂っているのも事実だった。

「あなたって、サービス精神旺盛なのね」

美咲がゆっくり腰を落としこんでくる。亀頭が陰唇を押し開き、ヌプリッと蜜壺のなかに嵌りこんだ。

「はああッ、お、大きいっ」

「おおおッ！」

二人の声が重なり、客室の空気が濃密になる。男と女が交わることで、艶めかしい匂いがひろがっていた。

「はンンっ、奥まで挿れてもいいわよね」

財前の答えを待たずに、美咲はさらに腰を落としてペニスを完全に呑みこんだ。股間と股間が密着することで、一体感がぐんと高まった。

「奥まで届いてる……支配人さんの、やっぱり大きい」

彼女は自分の臍の下に手をあてがうと、たまらなそうに腰をくねらせた。

もしかしたら、わざと言葉にしているのかもしれない。クローゼットに隠れている春樹に聞かせるために、自分が感じていることを素直に言葉にしている。そうやって反省を促すつもりなのかもしれなかった。

（それなら、遠慮する必要はありませんね）

むしろ、積極的に振る舞うことが、彼女の手助けになる。お客さまのご要望に応えるのが、支配人の役目だった。

「では、失礼いたします」

財前は両手を伸ばすと、たわわに実った乳房を揉みあげた。

指が柔肉のなかにズブズブと沈みこんでいく。驚くほどの柔らかさだ。両手でゆったり、やさしく揉んでみると、彼女は切なげな表情で見おろしてきた。

「あンっ、お上手なのね」

「とても柔らかいです」

「ああンっ、すごく気持ちいいわ」

感度はかなりいいらしい。乳房を軽く揉んだだけで、早くも息を乱して腰をくねらせた。

「動いてもいい？」

そう言いながら、美咲が腰を前後に振りはじめる。互いの陰毛を擦り合わせるような動きだ。女壺に深く埋まった男根が、微かに摩擦される。動きはそれほど大きくないが、焦れるような快感が膨らんでいた。

「くううっ」

思わず唸ると、彼女は嬉しそうに「ふふっ」と笑う。そして、しゃくりあげるように腰を使って、男根を絞りあげてきた。

「くおっ、す、すごいですね」

「好きなの、いやらしいことが……ああっ」

乳首をそっと摘んでみると、さらに腰の動きがさらに大きくなる。蜜壺の締まりもよくなり、先走り液がとまらなくなった。

「わたしのなかで、ヒクヒクしてるわ」

美咲は膝を立てて、足の裏をシーツにつける。和式便所で用を足すときのような格好だ。そんな大胆な姿で腰を上下に振りはじめた。

「ああンっ、奥まで来るわ」

「こ、これは……おおおッ」

動きが大きくなり、肉竿が膣襞で思いきり擦られる。快感が一気に大きくなり、腰が震えてとまらなくなった。

「あッ……あッ……ああッ」

感じているのは彼女も同じらしい。財前の胸板に両手を置いて、指先で乳首をいじりながら、腰をリズミカルにバウンドさせた。

「くおおおッ」

「ああッ、いいわ、すごくいいっ」

年下の不倫相手に聞かせたい気持ちもあるのか、美咲の喘ぎ声はどんどん大きくなっていった。

「す、末原さま、お、お待ちください」

財前は彼女の腰を両手で摑んで引き寄せた。これ以上、腰を振られたら、耐えられそうになかった。

「あン……どうして？」

美咲が不満げに見おろしてくる。もう少しでイケたのに、とでも言いたげな表情だった。

「今度はわたしがサービスさせていただく番です」

財前は上半身を起こして女体を抱き締めると、結合を解くことなく体位を入れ替えた。美咲が下になった正常位の体勢だ。

「ああンっ……わたしは、別に……」

剛根が深く嵌ったことで、美咲が不安そうな瞳を向けてくる。

女というのは、つくづく不思議な生き物だ。騎乗位のときは自信満々でも、仰向けになって男に見おろされると途端に気弱になる。男を責めたいというS的な気質と、男に責められたいというM的な気質が同居しているのだろう。

財前にしても、上になったことで気分が変わっていた。

この美しい女性をとことんまで責めてみたい。若い頃のように、女をよがり泣かせてみたいという欲望が湧きあがる。久しぶりに牡(おす)の本能がよみがえっていた。

「ご遠慮なさらないでください。お客さまにご満足いただくのが、わたくしどもの喜びでもあります」

　財前は両手をシーツにつくと、さっそく腰を振りはじめる。最初は彼女が感じるポイントを探るように、ゆったりと大きく動かした。

「あっ……あっ……」

「緊張されているのですか？　力を抜いてください」

　できるだけ穏やかに声をかけながら腰を振る。ときに強く、ときに弱く、捻りも加えて女壺を丹念に擦りあげていく。すると、だんだんと彼女の好きな場所がわかってきた。

「ああっ、そこは……はああンっ」

「ここが感じるんですね、いいんですよ、もっと感じて」

「ま、待ってください、あああっ」

　女壺の浅瀬を焦らすようにピストンすると、喘ぎ声が大きくなる。じっくりと責めたほうが、女の性感というのは蕩けるものだ。カリで引っ掻くようにすればさらに効果的で、腰がヒクヒクと反応した。

「あああっ、ダ、ダメです、そこばっかり、ああンっ」

　ここまで燃えあがれば、あとひと息だ。財前の性感も、限界近くまで盛りあがっている。これ以上、焦らすことはできなかった。

（辻田さまも、よくご覧になってください）

心のなかで、覗き見しているはずの春樹に呼びかけると、腰振りのスピードを一気にあげる。女体が大きく揺れるほどの力強いピストンを繰り出して、怒張を根元まで叩きこんだ。

「はああッ、お、奥っ」

たっぷり焦らしたことで、膣の奥もほぐれている。もうどこを責めても感じるはずだ。財前はダイナミックに腰を振り、クチュッ、ニチュッと蜜音をたてながらテンポよくペニスを抜き差しした。

「あああッ、奥も感じるぅっ」

「くうッ、締まってきました、おおおッ」

美咲のよがり声と、財前の唸り声が重なった。

彼女の両手が尻にまわされる。財前の引き締まった尻たぶを愛おしそうに包みこみ、さらなるピストンをせがんで腰をくねらせた。

「いきますよ、ぬううううッ」

「ああッ、あああッ、い、いいっ、すごくいいっ」

深夜の客室に、あられもない声が響き渡る。防音対策には気を遣ってあるので、隣室に聞こえることはない。美咲はロングヘアを振り乱して、女体をググッと弓なりに仰(の)け反らせた。

「あああッ、こんなのって、はあああッ」

「おおおッ……ぬおおおおッ」

「も、もうダメっ、こんなにいいの初めて、あああああッ」

そう口走った直後、蜜壺が思いきり収縮して、深く埋まった男根を絞りあげる。女体に痙攣(けいれん)が走り、ついにオルガスムスの波が押し寄せてきた。

「はあああッ、イクっ、イッちゃうっ、あああッ、イックうううううッ！」

美咲が絶頂に昇り詰める。女壺が激しくうねり、吸いあげられるような衝撃に襲われた。

「くおおおッ、で、出るっ、ぬおおおおおおおッ！」

ペニスを引き抜くつもりはなかった。お客さまだということを忘れたわけではないが、この快楽を最後までしっかり感じたい。牡の本能が働き、とっさに腰を思いきり押しつけていた。

熱い媚肉(びにく)に包まれて、男根をビクビクと脈動させる。鮮烈な快感のなか、大量のザーメンを注ぎこんだ。

女体はうっすらとピンクに染まっている。汗ばんだ乳房がスタンドの明かりを受けて、ヌラリと光っていた。

「ああっ……こんなに乱れちゃうなんて恥ずかしいわ。でも、すごくよかった……」

美咲が溜め息混じりにつぶやき、首に腕をかけてくる。どちらからともなく唇を重ねて、濃密に舌を絡ませた。

「末原さま、わたしも堪能させていただきました」

心からの言葉だった。瞳を見つめて囁くと、彼女は微笑を浮かべて頷いた。

彼女にせがまれて、再び唇を重ねていく。そのとき、クローゼットから微かに息を呑む気配がした。


翌朝、財前と明日香がフロントに立っていると、美咲と春樹が現れた。

この日も経験を積ませるため、明日香に接客をまかせている。財前はその様子をさりげなく眺めて、ときに助け船を出していた。

「チェックアウト、お願いします」

美咲が告げると、明日香は丁重にキーを受け取った。

「はい、少々お待ちください」

昨日の嫌なイメージを引きずっているのだろう、春樹の姿が目に入ることで、明日香の動きは少々ぎこちなくなっていた。

ところが、春樹はすっかりしょげ返っている。肩を落としてうつむいており、まるで昨日とは別人のようだった。

「ありがとうございました」

明日香が深々と頭をさげる。美咲も「ありがとう」とつぶやくが、すぐにはカウンターから離れなかった。

「昨日はごめんなさい。あの子が迷惑をかけたんですってね」

背後をチラリと見やり、視線で春樹を示した。

「い、いえ、迷惑だなんて、そんな……」

突然、お客さまに謝罪されて、明日香はしどろもどろになっている。予想外のことが起こると、まだまだ対応する力はなかった。

「どうか、お気になさらないでください」

財前は明日香の隣に並ぶと、彼女の代わりに口を開いた。

「わたくしどもにも、至らない点がありましたので」

「いろいろ問題はあるけど、あの子、あれで可愛いところもあるのよ」

美咲はそう言って、フッと笑った。

どうやら、まだ別れる気はないようだ。社長夫人と軽薄なホスト、二人の関係はまだまだつづくのだろう。

「どうしても憎めないのよね。いろいろとありがとう。とてもいい夜だったわ」

最後にそう囁くと、美咲は財前に向かって軽くウインクをして立ち去った。

春樹がキャリーバッグを引いて追いかける。昨日はあれほど噛みついてきたのに、財前の顔を一度も見ようとしなかった。

「またのお越しをお持ちしております」

深々と頭をさげて見送ると、隣で明日香も頭をさげた。

お客さまの姿が完全に見えなくなって頭をあげる。すると、明日香がなにか言いたそうな顔で見つめていた。

「なにかご質問でもあるのですか？」

「支配人、あの人となにかありました？」

いきなり、直球の質問が飛んでくる。明日香らしいと言えば明日香らしいが、財前は一瞬、言葉に詰まってしまう。

「なにか……とは、なんのことでしょう？」

もちろん、本当はわかっている。美咲との仲を疑われているのだ。

「とてもいい夜だったわ、ってどういうことですか？」

口調こそ穏やかだが、目つきは真剣だ。ここで返答を間違えると、後々面倒なことになりそうだった。

「きっと、お連れさまと素敵な夜を過ごされたのでしょう。当ホテルを気に入っていただけたのなら、それに越したことはございませんね」

財前は動揺を押し隠し、当たり障りのない返答を心がけた。

明日香は今ひとつ納得していないようだったが、他のお客さまがやってきたので、それ以上は聞いてこなかった。

財前は澄ました顔をしながら、内心ほっと胸を撫でおろした。

第二章　傷心ＯＬを慰めて

1

天気のいい土曜日の午後――。

ご予約いただいた女性二人組のお客さまが見えた。

チェックインの応対をしたのは財前だ。フロント担当の明日香は、ちょうど露天風呂の掃除に向かったところだった。

「はい、書きました」

女性客のひとりが、宿泊者名簿を記入して返してきた。そこには「川波仁美（かわなみひとみ）」と氏名が走り書きしてある。住所は千葉県で、年齢は「二十六」、職業は「ＯＬ」となっていた。

黒髪のショートカットと意志の強そうな瞳が印象的だ。赤いコートを羽織り、春を先取りしたような花柄のミニスカートを穿いていた。一見したところ細身で、胸も尻も小ぶりだった。

「ありがとうございます。お連れさまもご記入、お願いできますでしょうか」

財前はにこやかに話しかけながら、仁美の顔と名前をしっかり記憶した。

お客さまを完璧に認識するのも、支配人の仕事のひとつだ。廊下などでばったり出くわした瞬間、すぐ名前が出てくるように心がけていた。

「若菜、あなたもだって」

仁美が振り返って呼びかける。すると、背後でうつむき加減に立っていた女性がこっくり頷いた。

「うん……」

若菜と呼ばれた女性が、カウンターに歩み寄ってくる。応える声は、自信なげで小さかった。

「こちらに、ご記入お願いいたします」

財前は宿泊者名簿を滑らせて、ペンをそっと差しだした。

「あ、すみません」

相変わらず声が小さく、財前の目をチラリと見ただけですぐにうつむいた。人見知りするのか、それとも普段から大人しいのか。

「早く書いて、部屋に行きましょうよ」

横から仁美が話しかける。せっかちな性格らしい。落ち着かない様子で、しきりに急かしていた。

「ちょっと待って、仁美ちゃんみたいに早く書けないから」

若菜は焦っているようだが、基本的にマイペースなのかもしれない。几帳面な文字で、ゆっくり記入していく。

「こんなのパッパッて書けるでしょ、あなたって仕事のときもそうよね。丁寧なのはいいけど遅いんだから」

どうやら、二人は同じ職場に勤める同僚らしい。休日を利用して、女同士で一泊旅行に来たのだろう。

「これで、よろしいでしょうか？」

若菜が宿泊者名簿を返してくる。氏名は「原瀬若菜」、年齢は「二十六」、職業はやはり「ＯＬ」となっていた。

「ありがとうございます」

財前は頭をさげながら、素早く彼女を確認する。

黒髪のストレートロングで、どこか頼りなげな目をした女性だった。膝が隠れる濃紺のスカートを穿いており、グレーのコートのボタンは、首もとまできっちり留めていた。

顔立ちは整っているが、地味な雰囲気が漂っている。ところが、身体つきはなかなか肉感的だ。乳房も尻も大きいのが、コートの上からでも予想できた。腰はしっかりくびれているので、グラビアアイドル張りの身体かもしれなかった。

「では、お部屋にご案内いたします」

財前が目配せすると、ロビーで待機していた杉崎が素早く歩み寄ってきた。

「お荷物をお運びいたします」

言葉遣いは丁寧だが、相変わらず無表情だ。こういうとき、自然に笑うことができれば、もっとよいのだが……。

やはり、彼女たちは、巨体のポーターに驚いて固まっていた。なにしろ、巨岩のような大男だ。年に一度は、悲鳴をあげるお客さまもいるほどだった。

「お、お願いします」

先にバッグを渡したのは、意外にも若菜だった。つづいて仁美も、緊張した様子で荷物を差しだした。

杉崎の大きな体の後ろを、二人の女性客がついていく。

積極的でスレンダーな仁美に、消極的でグラマーな若菜。対照的な二人が、なぜか強く印象に残った。

「お風呂掃除、終わりました」

しばらくすると、露天風呂の掃除を終えた明日香が戻ってきた。

褒めてほしそうな顔で見あげてくるので、財前は「ありがとうございます」と声をかけた。

「では、宮沢さんは少し休憩してください」

「大丈夫ですよ。元気だけが取り柄ですから」

明日香はくるくるとよく動く瞳で見つめてくる。お客さまがいなくても、フロントでアピールされるのは困ってしまう。とはいえ、業務と無関係の話をしているわけでもないので注意できなかった。

「ご自分の身体を過信してはいけません。疲れは必ず蓄積されるものです。これは業務命令ですよ。休憩してください」

「はーい」

身体を気遣ってもらえたのが嬉しかったらしい。明日香はにこにこしながら、フロントの裏側にある事務室にさがっていった。

その後もチェックインのお客さまを数組応対した。

杉崎は巨体にもかかわらず、フットワークが軽い。疲れた様子を見せることなく、ロビーと客室を何度も往復してくれた。

「支配人、交代しましょう」

しばらくすると、休憩を終えた明日香がフロントに立った。

「ここはわたしにまかせてください」

その自信がどこから来るのか不思議だったが、やる気があるのはいいことだ。いつでも前向きなところは評価していた。

「では、お願いします」

入れ替わりに、財前は事務室にさがった。

朝から立ちっぱなしで、脚に疲れが溜まっている。とりあえず、コーヒーメーカーに歩み寄り、使い捨てのカップを手に取った。そのとき、ドアが開いて貴子が入ってきた。

「あ、支配人、お疲れさまです」

財前の姿に気づき、視線を逸らして頭をさげる。言葉遣いは丁寧で、挨拶もきちんとしているが、どこか人を寄せ付けない雰囲気があった。

「お疲れさまです」

声をかけるが、やはり彼女はすっと視線を逸らしてしまう。

ホテルの支配人になり、様々なタイプと接してきた。人を見る目は、それなりに養われてきたと自負している。貴子の場合は、意図的に人とかかわらないようにしている気がした。

「今、お帰りですか？」

時刻は午後四時をまわっている。通常なら、もうパートさんたちはあがっている時間だ。チェックインが三時からなので、それまでにはベッドメイクを終えることになっていた。

「掃除用具入れが散らかっていたものですから、ちょっと片付けを」

どうやら、彼女は自主的に片付けをしていたらしい。真面目すぎるところがあり、自ら負担を増やしているようだった。

「どうです、ちょっと休んでいかれませんか？」

財前は手にしていたカップを軽く掲げて見せる。すると、彼女は動揺した様子で視線を泳がせた。

「で、でも……」

「お急ぎでないのなら、お付き合いください。わたしも、ちょうど休憩しようと思ったところですから」

カップを二つ用意するとコーヒーを注いで、事務室の隅にあるテーブルに運んでいく。そこには二人掛けのソファがあり、休憩スペースになっていた。

「ミルクとお砂糖は？」

「あ……では、ミルクだけ」

「かしこまりました」

少しおどけたつもりだが、貴子は硬い表情で立ち尽くしている。心の扉は、固く閉ざされたままだった。

「どうぞ、おかけになってください」

財前はソファではなく、事務椅子に腰掛けた。すると、ようやく彼女もソファに腰をおろした。

「いただきます」

コーヒーにミルクを入れて、ひと口飲む。その一連の流れを、財前はさりげなく観察していた。

なにか困っていることでもあるのだろうか。どこか不安そうで、どうしても気になってしまう。助けてあげたいのだが、彼女はパート仲間ともさほど打ち解けているようには見えなかった。

「いかがでしょう。お仕事には慣れましたか？」

「はい、なんとか……」

言葉とは裏腹に、表情はこわばっている。いつか、本音を聞かせてくれる日が来るといいのだが。

「こうしていっしょに働くことになったのですから、長く働いていただきたいと思っています。なにかあったら遠慮なく言ってください」

貴子は神妙な顔で聞いていた。

コーヒーを飲むと自分でカップを片付けて、「ごちそうさまでした」と律儀に頭をさげて去っていった。

(やはり、妹さんのことでしょうか)

財前は冷めたコーヒーを飲み干して、小さな溜め息をついた。

病院で療養生活を送っている妹のことが気がかりで、冴えない表情をしているのかもしれない。いずれにせよ、彼女の心に築かれた高い壁は、そう簡単には崩せそうになかった。

「溜め息はダメですよぉ」

突然、明日香の声が聞こえた。

フロントから顔を覗かせて、財前の顔をじっと見つめている。いつから見ていたのか、彼女は探るような目になっていた。

「そうですね、溜め息はいけません。幸せが逃げてしまいますね」

財前は慌ててつぶやくと、椅子から立ちあがった。

「そろそろディナーの準備をしないと。わたしは田所さんを手伝ってきます」

なにか突っこまれる前に、この場を離れたほうがいい。財前は早口で告げると、フロントは明日香にまかせて事務室を後にした。

2

午後六時になり、レストランに次々と宿泊客が集まってきた。

財前は明日香とともに配膳を行っている。この時間、フロントに立っているのは杉崎だ。ポーターの彼にも自然な笑顔を身につけてもらうために、ときおりフロントで接客を担当してもらっていた。

仁美と若菜もやってきて、厨房の近くの席に座った。

ワインレッドのワンピースに着替えた仁美に、白いブラウスに濃紺のスカートの若菜。二人の性格がそのまま服装に表れていた。傍(はた)から見ていると、それほど仲がいい感じはしなかった。

「これ、すっごく美味しいね」

サーモンのマリネを口にした仁美が、はしゃいだ声をあげる。すると、若菜は微笑を浮かべて「そうだね」とつぶやいた。

女性二人でおしゃべりをしながらの夕食だ。田所が腕を振るったフレンチに舌鼓を打ち、口当たりのいいワインを飲みつつ、ほぼ一方的に仁美が話していた。

「この間、俊介に電話したのに出てくれないの」

「そう……」

「ひどいでしょ、別れた途端にこれだもの、頭に来ちゃう」

聞く気はないが、厨房の前で待機していると、自然と会話が耳に入ってしまう。財前も明日香も聞いていない振りをして、淡々と配膳作業を行った。

「きっと、他に好きな女ができたんだわ」

「そうかな……」

「そうよ、そうに決まってるわ。だって、ラブラブだったのに、急に別れてくれって言われたのよ。おかしいと思わない？」

どうやら、仁美は交際していた男に振られたらしい。そして、同僚の若菜を誘って傷心旅行に来た、といったところだろう。そう考えると、若菜の気乗りしない感じも納得できた。

「このわたしを振るなんて、俊介のやつ、絶対に許さないんだから」

「なにをするつもり？」

「一生呪いつづけるわ」

仁美が本気とも冗談ともつかない感じで、物騒なことを口走る。若菜は息を呑み、恐るおそるといった感じで口を開いた。

「それは、ちょっと……」

「なに本気にしてるのよ、冗談よ。ただ、それくらいムカついてるってこと」

仁美はワインを速いペースで飲み、目もとを赤く染めあげている。その後も愚痴りつづけて、だんだん呂律がまわらなくなってきた。

「ねえ、若菜、わたしのこと慰めてよぉ、友だちでしょう？」

「う、うん」

若菜は困った様子で頷くだけで、ほとんどしゃべらない。普段からあまり自分の意見を口にしないのだろう。仁美にとっては、愚痴る相手としてちょうどいいというわけだ。

いずれにせよ、同僚に付き合わされた若菜が、この旅行を楽しんでいるようには見えなかった。

夜十時になり、財前はフロントの明かりを落とした。

他の三人の従業員は、つい先ほど寮に戻ったところだ。あとは事務室の戸締まりをして、財前も帰るつもりだった。

金庫は閉まっているし、窓も間違いなく施錠してある。再度確認してから事務室を出ようとしたとき、壁に取りつけてある赤いランプが点灯して、アラーム音が鳴りはじめた。

（ん？　これは……）

館内の数か所に設置されている、「非常呼び出しボタン」が押されたサインだ。

財前は壁のパネルに歩み寄った。点灯しているランプは「女湯」のものだ。明日香がいれば頼むのだが、すでに寮に戻っている。財前の部屋にも同じパネルがあって連動しているが、他の従業員が気づくことはない。浴室で急に体調を崩したなど、一刻を争う場合もあるので、財前が行くしかなかった。

すぐに事務室を後にして、一階の廊下を奥に進んだ。

角を曲がると、「男湯」「女湯」の暖簾（のれん）がかかった大浴場の入口がある。昼間の清掃時間を除いて、夜中でも入浴できるようになっていた。スペースを広くとった露天風呂が人気で、温泉目当てでリピートするお客さまも多かった。

「支配人の財前でございます」

入口から声をかけるが返事はない。こうなったら、最善策を取るだけだ。財前は躊躇することなく、女湯の暖簾を潜（くぐ）った。

「お客さま、失礼いたします」

まず脱衣所があり、スチール製のロッカーが並んでいる。誰もいないので、すぐに浴室のガラス戸を開けた。

「どなたかいらっしゃいますか？」

呼びかけながら靴下を脱ぎ、少し緊張しながら浴室に入っていく。静まり返っており、洗い場にも浴槽にも人影は見当たらない。念のため浴槽のなかを覗きこむが、異常はなかった。

残すは露天風呂だけだ。

浴室から直接、行けるようになっている。財前はお客さまの無事を祈りながら、ガラス戸を開けて外に出た。

「あっ……」

露天風呂に視線を向けた瞬間、思わず声を漏らして固まった。

湯煙の向こう、大きな岩を組み合わせて作られた浴槽の縁に、ひとりの女性が腰掛けていた。脚だけを湯に浸けて、裸体の前面には白いタオルを当てている。乳房と股間はかろうじて隠れているが、その他の部分は丸見えだった。

（こ、これは……）

星空を楽しむため、外灯はあえて光を弱くして、ひとつだけ設置されている。ぼんやりした光が、女体をどこか幻想的に照らしていた。

乳房の谷間に視線が惹き寄せられる。タオルの横からは、乳房が描く曲線が確認できた。くびれた腰から肉づきのいい尻へとつづくラインも見事だった。尻肉が岩の上でへしゃげているのも生々しかった。

岩の上に作られた注ぎ口から、湯が次から次へと浴槽のなかに落ちている。湯が弾ける音だけが、竹垣で囲まれた露天風呂に響いていた。

「あ、あの……」

先に口を開いたのは女性客のほうだった。その声を聞いたとき、彼女が若菜だと初めてわかった。

ロングヘアを後頭部でまとめて、白い首筋を晒している。女性従業員が来ると思っていたのだろう、彼女も驚いた様子で固まっていた。

すぐにお客さまを判別できなかったのは、支配人としてまだ未熟な証拠だ。ディナーのときの、仁美とのやり取りが印象に残っていたのだろう。消極的で大人しかった若菜と、目の前のダイナミックな女体が結びつかなかった。

「し、失礼しました」

慌てて腰を九十度に折り曲げる。

冷静なつもりだったが、万が一の事態を考えて焦っていたのかもしれない。声をかけることなく、露天風呂に飛び出したのが間違いだった。

「支配人の財前でございます。なんとお詫びしたらいいのか」

顔をあげることなく、自分の膝を見つめたまま謝罪する。支配人にあってはならない大変な失態だった。

「わ、わたしのほうこそ、すみません」

若菜の声が聞こえて、チャプンッと湯の跳ねる音がした。

「もう大丈夫です。お顔をあげてください」

穏やかな調子で語りかけてくれる。怒っているわけではありません、という彼女の気遣いが感じられた。

「本当に申し訳ございませんでした」

もう一度謝罪してから、ゆっくり顔をあげる。もう若菜は湯船に肩まで浸かっており、タオルは岩の上に置いてあった。

「呼んだのはわたしですから……」

顔が真っ赤に染まっているのは、恥じらいのためなのか、それとも温泉に長く浸かってのぼせたためなのか。

「お急ぎでなければ、すぐに女性従業員と交代させていただきます」

財前は明日香の顔を思い浮かべた。

すでに寮の自室でくつろいでいると思うが、緊急なので仕方がない。経験は浅くても責任感が強いので、事情を話せばすぐに来てくれるだろう。ところが、若菜は静かに首を振った。

「できれば、あまりおおげさには……」

なるべく静かに解決したいらしい。そういうことならと、財前は事情を尋ねた。

「じつは、ロッカーのキーを落としてしまったんです」

脱衣所に設置されているロッカーのキーは、バンドで手首に留めるようになっている。若菜もそうしていたのだが、ちょっと外したときに、うっかり湯船に落としてしまったと言う。

「捜したけど見つからなくて……服もバスタオルもケータイもロッカーのなかで、他に誰もいないし、困ってしまって……」

申し訳なさそうにうつむいていく。裸のまま部屋に戻るわけにもいかず、困り果てた挙げ句、非常呼び出しボタンを押したのだろう。

「こんなことで呼んでしまって、すみません」

「ご心配なさらなくても大丈夫ですよ」

急病などではないとわかり、少しほっとした。

ロッカーのキーなら事務室にスペアがある。取ってくればすぐに鍵（かぎ）を開けられるが、彼女は無くしたことをひどく気にしていた。

　今回のケースの場合、ロッカーを早く開けることより、目の前でキーを発見することのほうが重要だ。その結果、お客さまが抱いている罪悪感を和らげて、安らぎを与えられると判断した。

「キーを落としたと思われるのは、どのあたりでしょう」

「奥には行ってないので、多分、このへんだと思うんですけど」

　若菜が指差したのは、露天風呂のなかでも内風呂に近い場所だった。

「かしこまりました。わたしに、おまかせください」

　財前はジャケットを脱いで竹垣にかけると、シャツを腕まくりする。そして、躊躇することなくひざまずき、湯のなかに右手を入れた。

「そんな、お洋服が濡れてしまいます」

「替えはたくさんあるので、ご心配にはおよびません」

　こういうときのために、スーツもシャツも同じ物を揃えてある。よほどのことがない限り、服で困ることはないだろう。

　それよりも、キーを捜し出すことが最重要課題だ。ここまでしたのだから、なおのことお客さまは責任を感じてしまう。なんとしても、キーを見つけなければならなかった。

　外灯の光が届かない暗い浴槽のなかを手探りする。若菜も散々捜したので、むずかしさがわかっているのだろう。不安と諦めの入り混じった瞳で、財前のことを見つめていた。

だが、当てずっぽうで捜しているわけではない。落とし物がどこにあるのか、ある程度は予想していた。

この浴槽の排水口は、内風呂に近い角にある。キーはそこに向かって流された可能性が高い。そして、排水口には目の細かい網が張ってあることも覚えていた。予想が正しければ、キーは流されずに網で止まっているはずだった。

「……ん？」

網の近くで指先になにか触れた。

肩まで湯に浸けて、なんとか中指の先に引っかける。そっと持ちあげてみると、やはりロッカーのキーだった。

「見つかりました」

「えっ、すごい……あんなに捜しても見つからなかったのに」

若菜は目を丸くしてつぶやき、一拍置いて安堵の笑みを漏らした。

「よかったですね」

財前も釣られて笑顔になる。お客さまのお役に立ててよかった、支配人で本当によかったと思える瞬間だ。ふと空を見あげると、無数の星が瞬いていた。

「ご迷惑おかけしました。お洋服が……本当にすみません」

やっと笑ってくれた若菜だが、すぐに表情を曇らせてしまう。今度は財前の服が濡れたことを気にしていた。

「いえ、服は大丈夫ですよ」

気を遣わせないように返すが、彼女の顔は晴れない。

「……わたしって、昔からドジなんです」

なにやら深刻な雰囲気だ。いろいろ溜めこんでいることがあるのかもしれない。財前は湯船の縁に片膝をついた姿勢で、彼女の話に耳を傾けた。

「仕事でも失敗が多くて……」

中堅商社のＯＬをしているが、上司から毎日のように叱られて、他の人たちにも迷惑をかけてばかりだという。

「全然ダメなんです……いやなことがあっても、はっきり言えないし、人の顔色ばかりが気になってしまって……」

「きっと、気を遣われる性格なのですね」

思いがけず悩み相談のような雰囲気になってきたが、これも支配人の役目のひとつだろう。お客さまの心と身体を、当ホテルで癒していただきたい。財前はできる限り穏やかに語りかけた。

「それだけ周囲に気を配っているということでしょう。ご自分では短所と思われていても、それは長所ですよ。お客さまは人に対しておやさしいのです」

「でも、この旅行も本当は来たくなかったんです。会社の同僚に誘われて、断りきれなくて……」

若菜はそこまで話すと、いったん唇をキュッと引き締める。少し考えこむような表情になり、意を決したように再び口を開いた。

「あの……聞いてもらってもいいですか？」

「はい、なんなりと」

「会社の同僚、仁美ちゃんって言うんですけど、彼女が付き合っていた俊介くん、本当はわたしといい感じだったんです」

やはり溜めこんでいたものがあるのだろう。彼女は一気に話しはじめた。

俊介はもともと若菜に気があった。若菜もまんざらではなかったが、そこに仁美が割りこんできたという。結局、横から奪われるような格好で、俊介は仁美と付き合ったが、それも長くはつづかなかった。

そして、仁美は自分勝手に俊介の悪口を言っている。若菜のほうが、ずっと落ちこんでいるというのに……。

「だから本当はすごくいやだったけど、傷心旅行に付き合ったりして……いつも言いたいことを言えない、そんな自分のことが嫌いなんです」

鬱憤(うっぷん)をすべて吐き出したのだろう、若菜はぱったり黙りこんだ。

「今、言いたいこと、はっきり言えましたね」

「あ……どうして、わたし……」

若菜は驚いた様子で、自分の口を両手で覆った。

「会ったばかりの人に、こんなにしゃべるなんて……すごく人見知りなんです」

「わたしが第三者だから話せたのでしょう。溜めこみすぎるのもよくありません。たまに、こうやって発散するといいかもしれませんね」

少しはすっきりしてもらえたようだ。財前は支配人の役目を果たした満足感を胸に、立ちあがろうとした。

「では、ごゆっくり――」

「ちょっと熱くなってしまいました」

そのとき、若菜がタオルを身体に当てて立ちあがった。

湯船の縁にある岩に尻を乗せて、火照(ほて)った顔を上向かせる。首筋まで赤く染まり、タオルで隠しきれない乳房の谷間が湯で濡れていた。

「助かりました。普段は愚痴を聞いてくれる相手がいないから」

「あ、あの……」

さすがの財前も困惑を隠せなかった。

どこに視線を向ければいいのかわからない。彼女は見られることを承知で、湯からあがったようだ。だからといって、じろじろ見るわけにもいかなかった。

「わたし、全然モテなくて……自分に自信がないんです」

財前は目の遣り場に困り、波紋を描く浴槽の湯を見つめた。

「お客さまは、充分に魅力的でございます」

露天風呂に沈黙が流れる。注ぎ口から落ちる湯の音だけが響き渡っていた。

「じゃあ……抱いてもらえますか？」

彼女の掠れた声が聞こえてくる。驚いて顔をあげると、懇願するような瞳が向けられていた。

「そ、それは……」

ストレートな言葉をぶつけられて、一瞬、たじろいでしまう。どこまでが支配人の仕事なのか、どこまで踏みこんでいいのか、とっさに判断できなかった。

「なに言ってるんだろう、わたし……やっぱり無理ですよね」

若菜は肩を落として、また塞ぎこんだ表情になっていく。そんな彼女を見たとき、財前のなかで支配人としての使命感が湧きあがった。

これは自分がなんとかしなければいけないと思った。

「かしこまりました」

その場で立ちあがり、深々と一礼する。そして、ネクタイを緩めて、シャツのボタンを外しはじめた。

3

「お客さまのご要望にお応えするのが、わたくしの役目でございます」

財前はスラックスも脱ぐと、ボクサーブリーフのウエストに指をかけた。

「え……ほ、本当に？」

若菜の目は真ん丸になっている。顔を赤くしているが、財前が裸になっていく様子を熱心に見つめていた。

お客さまの前で服を脱ぐのは、さすがに緊張する。最後の一枚をゆっくりおろすと、まだ柔らかいペニスが露わになった。

「きゃっ」

若菜は小さな声をあげるが、嫌がっているわけではない。興味津々（しんしん）といった感じで、男根に視線を這いまわらせてきた。

「原瀬さま、どのような抱かれ方をご所望でしょうか」

湯船のなかに足を浸けて、ゆっくり歩み寄る。彼女は岩に腰掛けたまま、期待と不安の入り混じった瞳を向けていた。

「名前で……呼んでもらえますか？」

若菜が遠慮がちに要望を口にする。

「それから……やさしく、抱いてください」

露出している肩をすくめてつぶやく姿は、抱き締めたくなるほど愛らしい。自分に自信がないだけで、充分魅力的な女性だった。

「承りました。それでは、若菜さま、失礼いたします」

彼女の二の腕に両手をあてがい、ゆっくり立ちあがらせる。タオルで身体の前を隠しているが、それ以外は剝きだしだ。

「あっ……」

静かに抱き寄せると、若菜は全身をこわばらせた状態で、財前の胸板に頰を押し当ててきた。

「緊張しなくても大丈夫です。身体の力を抜いてください」

滑らかな背中を、落ち着かせるようにやさしく擦る。それでも、女体には力が入ったままだった。

緊張するのも無理はない。物静かな性格の彼女が、今日、会ったばかりの男に抱かれようとしているのだ。この冒険によって、なにかを変えたいと強く願っている。そんな彼女の勇気に応えてあげたかった。

「こ、恋人みたいに……」

「かしこまりました」

右手で背中を撫でながら、左手でタオルをそっと外す。肌と肌が密着して、温もりが直に伝わってくる。これで一気に距離が縮まった気がした。

　耳に軽く口づけすると、若菜は「あンっ」と小さな声を漏らして身をよじる。その仕草が可愛らしくて、財前は小刻みなキスを繰り返した。

「ああンっ、ダメです、耳ばっかり」

若菜が抗議するように見あげてくる。ところが、瞳は潤んでおり、さらなる愛撫を期待しているのは間違いなかった。

唇を重ねると、彼女は大人しく睫毛を伏せる。自ら唇を半開きにしたので、すかさず舌をヌルリと侵入させた。

「あふンっ」

鼻にかかった声を聞きながら舌を絡め取る。若菜は最初こそ遠慮していたが、粘膜を擦り合わせていると大胆になり、財前の口内に舌を忍ばせてきた。

「ンンっ……はうンンっ」

いつしか両手をまわして、腰や背中を撫でまわしてくる。そればかりか、そっと下腹部を押しつけてきた。

(おおっ、これは、なかなか……)

男根が受ける刺激とディープキスの快楽が相まって、瞬く間に気分が高まった。

さらに深く舌を絡めて、彼女の口内を舐めまわす。そうしながら、膨らみかけたペニスを財前からも押しつけた。柔らかい皮膚の感触が心地いい。陰茎は芯を通して硬くなり、早くも先端から我慢汁が溢れだした。

「硬いのが……当たってます」

唇を離した若菜が、伏し目がちにつぶやく。恥ずかしいけれど、どうしようもなく興奮している。そんな心情が手に取るように伝わってきた。

「若菜さまが素敵だからですよ」

瞳を見つめて囁けば、彼女はおどおどした様子で視線を逸らしてしまう。そうやって照れる姿が、ますます牡の本能を煽りたてた。

「そんなこと言われたの初めてです……お世辞でも嬉しい」

「お世辞ではありません。ほら、大きくなってるのがおわかりですよね？」

財前は彼女の腰に手をまわすと、ペニスをさらに強く押しつける。肉棒はすっかり硬直して、彼女の下腹部をグイグイ圧迫した。

「ヤン、すごく硬いです」

若菜は身をよじるが、決して逃げようとはしない。それどころか、呼吸を乱しながら見あげてきた。

「あの……ちょっとだけ、触ってもいいですか？」

そう言って、右手を股間に潜りこませる。陰茎を探り当てて太幹に指を巻きつけると、喘ぎ声にも似た溜め息を溢れさせた。

「はああンっ、太くて硬い」

自分の言葉に照れたのか、言った直後に目もとを赤らめる。そして、腰をくねらせながら、照れ隠しに肉竿をしごきはじめた。

「ううっ……」

予想外の大胆な行為だった。財前が快楽の呻きを漏らすと、それが嬉しかったらしく、彼女は手コキのスピードをアップさせた。

「ああ……すごく、逞しいんですね」

ほっそりとした指が肉胴をしごきあげる。先端も撫でまわして、カウパー汁を亀頭全体に塗り伸ばした。

「うむっ……意外と思いきりがいいのですね」

「こんなこと、普段はできないんですけど……今日だけは……」

同僚に無理やり付き合わされたとはいえ、旅先の解放感があるのだろう。日頃は地味なＯＬが、出会ったばかりの男のペニスを握って興奮していた。

「ああ、硬い」

「好きに触っていいですよ」

「はい……」

我慢汁が付着したカリを擦りあげてくる。段差の部分が気になるのか、不思議そうに何度も指を往復させた。

「ここ、すごく出っ張ってます」

若菜はつぶやきながら、しゃがみこんで温泉に浸かる。ちょうど勃起したペニスの先端が、彼女の鼻先で揺れる位置だった。

「大きい……」

息を呑んで見つめてくる。そそり勃つ肉柱を目の当たりにして、圧倒されているようだった。

「平均より若干大きいかもしれませんが、それほどでもございません」

「わたし、ひとりしか知らないんです……だから、こんなに大きいのは……」

男性経験は学生時代に付き合っていた恋人だけだと言う。それを考えると、今夜の彼女がいかに弾けたがっているのかがよくわかる。なおさら、満足させてあげなければならなかった。

「ほんとに大きいです」

根元に指を絡めて、先端に唇を近づけてくる。そして、亀頭をぱっくり咥えこみ、柔らかい唇を竿にしっかり密着させた。

「はむンンっ」

「おうっ、わ、若菜さま」

思わず呻き声が溢れだす。意外なことの連続だ。まさか彼女のほうから、いきなりフェラチオしてくるとは思わなかった。

「あふっ、こんなことするの初めてなんです……あふンっ」

若菜は弁解しながら、陰茎に舌を這わせてくる。淫らな女と思われたくないのだろう。それでも、高まる欲望を抑えきれず、ペニスを夢中でしゃぶっていた。

日常から抜けだした旅先というのは、人をこんなにも大胆にする。若菜は男根をジュルジュルと吸いあげながら、首をねちっこく振っていた。日頃、抑圧されている人ほど、思いきったことをするのかもしれない。

「ンふっ……あふふンっ」

尿道口から滲むカウパー汁を啜り飲まれて、ペニスはさらに反り返った。

「若菜さま、そろそろ交代しましょう」

財前は声をかけると、彼女を立ちあがらせる。そして、露天風呂の奥にある大きな岩に、背中を預けて寄りかからせた。

「冷たい……」

長時間入浴していた彼女の身体は火照っている。冷たい岩が、あがりすぎた体温をさげてくれるだろう。

外灯の弱い光が、湯に濡れた女体を照らしていた。

大きな乳房はまるでメロンのように張り詰めており、乳首はチェリーのように赤く尖り勃っている。くびれた腰からヒップにつづくラインも素晴らしい。股間には陰毛が濃く生い茂っており、湯に濡れてワカメのように貼りついていた。

「そんなに見られたら……」

「とても、お綺麗です」

心からの言葉だった。これほど素晴らしい身体を持ちながら、自信がないと思っているのが不思議でならない。すると、彼女は裸体を隠そうとしていた両手をおろして、再び肌を晒してくれた。

「今度は、わたしが気持ちよくして差しあげます」

財前は目の前にしゃがみこんで湯に浸かると、彼女の片脚を肩に担ぎあげる。若菜は岩に寄りかかった状態で、片脚立ちになった状態だ。股間が開かれて、サーモンピンクの陰唇が丸見えになった。

「あっ、待ってください……恥ずかしいです」

「こちらも、とてもお綺麗ですよ」

想像していたとおり、まったく型崩れのない肉唇だ。財前は声をかけながら、割れ目にそっと唇を押し当てる。柔らかい襞の感触に高まりながら、舌を伸ばして恥裂をツツーッと舐めあげた。

「はあああっ！　そ、そこはっ」

彼女の腰が跳ねあがり、喘ぎ声が溢れだす。浴槽に湯が注がれる音と混ざって、星空の下に響き渡った。

「ここがいいんですね」

財前は片脚を肩に担ぎ、股間に口を寄せたまま、若菜の顔を見あげている。視線を絡めて舌を使えば、彼女の反応はより顕著（けんちょ）になった。

「あっ……あっ……」

肉唇の境目を舌先でなぞるだけで、内腿（うちもも）に小刻みな痙攣が走り、膣口から華蜜が滲み出す。その汁を割れ目全体に塗り伸ばせば、耐えられないとばかりに若菜は腰をしきりにくねらせた。

「ダ、ダメです、そんなとこ……」

「濡れてきましたよ。もっと感じてください」

「ああンっ、い、いや、ああぁっ」

口では拒絶するようなことを言っているが、感じているのは明らかだ。露天風呂でクンニリングスされて、これまで地味に生きてきたＯＬが悶えていた。

舌先を割れ目の上端に這わせて、クリトリスを舐め転がす。途端に腰の震えが大きくなり、若菜は両手で財前の頭を掻き抱いた。

「はうう ッ、そ、それ、あああッ」

愛蜜の量がどっと増えて、喘ぎ声が甲高くなる。クンニリングスしている男の頭を抱えこみ、股間を突きだして感じていた。

淫核を舐めつづければ、すぐに追いあげることができるだろう。だが、それでは彼女の気持ちに応えられない。旅先で出会った男と身体を重ねて、激しく燃えあがることを期待している。そうすることで、自分の女としての価値を確認したいと願っているはずだった。

「若菜さま、こちらへどうぞ」

昇り詰める寸前で愛撫を中断すると、平らな大きな岩へと彼女を誘導する。湯船を形作っている岩のひとつだ。表面はツルリとしており、横たわってもまったく痛くない。お客さまが休憩できるようにと設置された岩だった。

　その岩に若菜を腰掛けさせて、そっと仰向けにする。膝から下を浴槽に垂らして湯に浸かっている状態だ。張りのある乳房は、サイドに流れることなく見事なお椀型を保っていた。

　膝を開かせて、その間に立った。ちょうど腰の高さが一致している。いきり勃った男根は、獲物を狙う獣のように膣口を見据えていた。

「よろしいですね？」

　念のため尋ねると、彼女は緊張の面持ちで見つめてくる。乳房をそっと揉みあげれば、唇から溜め息にも似た喘ぎ声が溢れだした。

「はああンっ」

「わたくしに、身をまかせていただけますか？」

　柔肉に指を沈めて、ゆったりと揉みあげる。赤く充血した乳首を摘めば、女体に小刻みな震えが走り抜けた。

「は、はい……財前さん」

　若菜は財前のことを名前で呼び、すっと両手を伸ばしてくる。彼女なりの精いっぱいのアピールだろう。誘われるまま覆い被さり、軽く唇を合わせてから、亀頭を膣口に押し当てた。

「あンっ……久しぶりだから、ゆっくり」

「かしこまりました。力を抜いてください……んんっ」

腰をじわじわと押しつけて、亀頭を泥濘に沈みこませる。陰唇を内側に巻きこみながら、ペニスの先端がヌプリと嵌りこんだ。

「ああっ、お、大きい」

若菜が眉を八の字に歪めて、岩の上で女体を仰け反らせる。ひとりの男しか知らなかったうえに久しぶりのセックスだ。期待と緊張が最高潮に高まっているのは、想像に難くなかった。

彼女の様子を確認しつつ、ペニスを少しずつ押し進める。みっしり詰まった媚肉を掻きわけて、たっぷり時間を使って根元まで挿入した。

「全部入りましたよ」

「あンンっ……あ、当たってます」

若菜の声には困惑が入り混じっている。思っていたよりも奥まで届いているのだろう。火照った喉もとを晒し、全身をヒクつかせていた。

「すごく締まってますよ」

膣も収縮しており、男根をしっかり締めつけている。蕩けるような快感がひろがっているが、財前にはまだ余裕があった。

「では、ゆっくり動きますね」

声をかけてから、スローペースで腰を振りはじめる。時間をかけてペニスを後退させて、亀頭が抜け落ちる寸前の状態から、再び少しずつ押しこんでいく。膣道を切り開いていく感じが、牡の征服欲を掻きたてた。

「ああっ……やっぱり大きすぎます」

若菜が掠れた声でつぶやき、首にしがみついてくる。たっぷりとした乳房が、財前の胸板に密着して柔らかく形を変えていた。

「慌てず、少しずつ慣らしていきましょう」

突きたい気持ちを抑えこみ、まずは膣道と男根を馴染(なじ)ませることを優先する。自分の欲望よりも、お客さまにご満足いただくことが、なによりも肝心だった。

焦りは禁物だ。とにかく根気よく、じっくりピストンする。愛蜜が湧きだすことで、滑りがどんどんよくなっていく。感度もアップしているらしく、喘ぎ声が少しずつ艶(つや)を帯びてきた。

「あっ……あっ……」

「だいぶ、ほぐれてきましたよ」

膣襞の動きが活発になり、男根に絡みついてくる。そろそろ本格的に責めてもいいかもしれない。ピストンスピードを少しだけあげてみると、結合部から湿った音が聞こえてきた。

「はああっ、ま、待ってください」

「ほら、いい感じです。濡れているのがわかりますか？」

亀頭を浅瀬で遊ばせて、わざと愛蜜をピチャッ、クチュッと弾けさせる。膣口が軽く締まり、カリ首のあたりを締めつけてきた。

「ああンっ、いやっ、ダメです」

若菜は羞恥に身をよじるが、財前の首にまわした手を離すことはない。それどころか、さらなる突きこみを求めるように、股間をしゃくりあげてきた。

「こんなことするなんて、わたし……ああっ」

もともと感度はいいのだろう。抽送(ちゅうそう)をつづけるほどに反応がよくなってくる。旅先の露天風呂でセックスをする解放感が、性感を高めているのかもしれない。膣道全体がうねり、ペニスをねちねちと締めあげていた。

「くぅっ……若菜さまのお身体、すごく反応されていますよ」

「いやンっ、言わないでください」

暗に膣の締まりを伝えれば、彼女は恥じらいつつも、さらに蜜壺を収縮させる。言葉で責められただけでも感じるほど、身も心も昂っていた。

「本当に感度がよろしいのですね。もうたっぷり濡れていらっしゃいますよ」

財前はわざと辱(はずかし)める言葉をかけながら、太幹を根元までぐっと押しこんだ。

「はううッ！」

女体が岩の上で仰け反った。若菜のあられもない声が夜空に響き渡る。亀頭の先端が、膣の最深部に到達していた。そこを軽く圧迫すれば、反応が顕著になって膣壁が大きく波打った。

「はああッ、当たってますっ」

「ここがいいんですね」

耳孔に息を吹きこみながら囁きかける。すると、彼女は何度も頷き、両脚を腰に巻きつけてきた。

「お、お願いします……」

顔を覗きこむと、切実な瞳で見つめ返される。旅の恥は掻き捨てとばかりに、さらなる刺激を欲していた。

「もっと……もっとください」

「かしこまりました。では、失礼いたします」

財前は彼女の唇を奪うと、舌を絡めながら腰を力強く振りはじめる。甘い唾液を啜りあげることで、抑えていた興奮が高まっていく。いきり勃った肉柱をグイグイと出し入れして、愛蜜をたっぷり湛（たた）えた女壺を掻きまわした。

「あああッ、財前さんっ」

キスをつづけられなくなり、若菜が切羽詰まった様子で呼びかけてくる。両手両足で懸命にしがみつき、全身でピストンを受けとめていた。

「むうう、これでよろしいですか？」

蜜壷がうねり、ペニスを思いきり絞りあげてくる。財前は奥歯を強く食い縛り、射精感をこらえながら腰を振りたてた。ペニスを抜き差しするたび、快感が瞬く間に大きくなった。

「ああッ、こんなのって、あああッ」

「我慢することはありませんよ、もっと気持ちよくなってくださいっ」

財前の足もとで、浴槽の湯が激しく揺れている。ところが、それ以上に結合部から響く、ジュブッ、グチュッという蜜音のほうが大きかった。

「い、いいっ、すごくいいですっ」

はっきり口にすると、若菜は財前の背中に爪を立てた。

「あああッ、も、もうっ」

「くうッ、感じているのですね、ぬおおおッ」

膣の収縮具合が凄まじい。ペニスを締めつけられて、財前も低く唸りながら全力のピストンを繰り出した。

「ああッ、いいっ、もうダメになりそうですっ」

「イキそうなんですね、いつでもイッていいですよ」

亀頭で子宮口を叩きまくる。すると、女体が力むのがわかり、蜜壷もギュウッと収縮した。

「はああぁッ、いいっ、あああッ、おかしくなるっ、イクっ、イッちゃううぅッ！」

ついに若菜が岩の上で腰をよじって、ペニスを締めつけながら昇り詰める。男の体にしがみつき、全身を痙攣させるほどのオルガスムスに酔いしれた。

「ご、ご満足なさったのですね……では、わたしも、ぬおおおおおおッ！」

お客さまが達したのを確認すると、財前も高まった欲望を放出する。膣の奥にザーメンを注ぎこみ、子宮口を焼き尽くした。

「あぁっ、財前さん」

若菜が甘えるような声を漏らして、抱きついてくる。うっとりした表情から、喜んでもらえたのが見て取れた。

財前もほっとして結合を解こうとしたとき、内風呂のガラス戸がガラガラと開く音が聞こえた。

4

呼びかけてくる声は仁美に間違いない。湯煙の向こうから、ゆっくり浴槽に歩み寄ってくるのがわかった。

「若菜、いるの？」

「あんまり遅いから――」

互いの姿が見える位置まで来ると、声がぱったり途切れた。

仁美が目を見開き、立ち尽くしている。なにか言おうとするが、唇があわあわと震えるだけで言葉にならない。備えつけの浴衣を羽織っていることから、風呂に入るわけではなく、若菜の様子を見に来たのだとわかった。

(これは一大事です、大変なことになりました)

財前は額に汗を浮かべながら、慌ててペニスを引き抜いた。

女性用の露天風呂で、支配人と女性客が交わっていたのだ。これは非常にまずい状況だ。とにかく、どうしてこんなことになったのか、順を追って経緯を説明する必要があった。

「か、川波さま、これはですね……」

気ばかり焦って、上手く言葉が出てこない。いったい、どこから説明すればいいのだろう。ここで仁美が騒ぎはじめたら、取り返しのつかないことになる。若菜を見やると、まだ岩の上に寝そべったまま、アクメに蕩けた顔を晒していた。

「ちょっと、これ、どういうこと？」

固まっていた仁美が我に返る。浴衣のまま浴槽にザブザブ入ってくると、怒りに満ちた表情で構わず迫ってきた。

「あなた、支配人さんね。この子が戻ってこないから、心配になって見に来たら、まさかこんなことになってるなんて……これは、どういうことですか？」

凄い剣幕で捲したててくる。同僚が襲われたと思っているのか、今にも平手打ちが飛んできそうな勢いだ。

「ご説明させてください」

「若菜が初対面の人とこんなことするはずないわ、あなたが無理やり押し倒したんでしょ！」

横になったままの若菜は、しどけなく脚を開いており、割れ目からはザーメンがドロリと逆流していた。

「い、いえ、ですから――」

「言いわけは、出るところに出てからしてください。友だちを穢されて、黙っているわけにはいきません。若菜、行くわよ、立てる？」

仁美はまったく聞く耳を持たず、若菜が横たわっている岩に歩み寄る。そして、そっと手を差し伸べたそのとき、若菜が意外な言葉を口走った。

「決めつけないで……」

か細い声だが、自分の意志がしっかり感じられた。

「わたしが誘ったの」

「若菜？」

「財前さんに抱かれたいって思ったの」

若菜は岩の上で身を起こすと、同僚の顔をまっすぐ見つめる。昼間のように、おどおどした様子はなかった。

「なにを言ってるの？　この人に口止めされてるの？」

「ううん、わたしだって、そういう気分になることはあるわ」

これまでの若菜とは、どこかが違う。彼女は目を逸らすことなく、きっぱりと言い切った。

「そんな、若菜が……ウソでしょ？」

仁美は信じられないといった様子で、若菜の顔を呆然と見つめていた。

「いつもそう。仁美ちゃんは、わたしのこと、なんにもできないって決めつけてるんだから」

若菜は不満を吐き出すと、唇を尖らせて黙りこむ。ところが、すぐにふっと笑って柔らかい表情になった。

「でもね、友だちって言ってくれて嬉しかった」

岩からおりて、仁美に歩み寄る。そっと手を取ると、これまでにない穏やかな表情を浮かべた。

「ねえ、いっしょにしようよ」

「……え？」

「財前さんって、見かけによらず、すごいの」

若菜の言葉を受けて、仁美が財前の股間を見つめてくる。剝きだしの陰茎は、すでに半分萎えていた。

じっと凝視すると、仁美はごくりと生唾を呑みこんだ。そして顔を火照らせながら、口を開いた。

「ほんとだ……この状態で、このサイズ……ちょっと経験したことないかも」

すでに興味津々といった感じで、財前の顔を見あげてくる。瞳の奥には早くも欲望の炎がチラついていた。

「財前さん、お願いしてもいいですか？」

若菜も積極的だった。

行きずりのセックスをしたことで、なにか彼女のなかで変化があったのかもしれない。頼まれると、財前は断ることができなかった。

「かしこまりました。できる限りのことはさせていただきます」

二度目なので自信はないが、お客さまのご要望にはできる限りお応えしなければならない。最大限の努力をするつもりだった。

「ね、仁美ちゃんも裸になって」

若菜は同僚の浴衣の帯に手を伸ばすと、勝手にほどきはじめる。仁美もすっかりその気になっているのだろう、「ちょっと」と言いながらも浴衣を脱いでいった。

スレンダーな女体に、ラベンダー色のブラジャーとパンティを纏っている。着痩せするタイプで、それなりに乳房もあり、尻もプリッとしていた。

「若菜って、こんなに強引だった?」

そう言いながら、仁美は自分でブラジャーを外して、パンティもおろしていく。岩の上に脱いだ下着を置くと、少し照れながらも裸体を晒した。

バストは片手で収まりそうなサイズだが、形は見事なドーム型だ。すでに興奮しているらしく、ピンクの乳首が尖り勃っている。ウエストは折れそうなほど締まっており、ヒップは張りがあって上向きだ。ショートカットがよく似合う、中性的なところが魅力の女性だった。

（これは……別の意味で大変なことになってきました）

財前は二人の女性を前にして、さすがに動揺を隠せずにいた。

それでも、頭の片隅には冷静さが残っている。いったん二人に断りを入れて、露天風呂からあがると、女湯の入口の前に「只今、清掃中」の看板を立ててきた。これで他のお客さまが入ってくることはないだろう。

「お待たせして申し訳ございません」

再び露天風呂に入り、彼女たちの元に歩み寄った。

「さっきは疑ったりしてごめんなさい」

すぐに仁美が胸にしなだれかかってくる。先ほどとは打って変わった、しおらしい態度だ。そして、萎えたペニスに細い指を絡めてきた。

「てっきり、若菜が襲われてると思って」

かなり経験を積んでいるらしく、手首の返し方が慣れている。陰茎をゆったりしごきながら、楽しそうに見あげてきた。

「許してもらえますか？」

「い、いえ、勘違いなさるのも、当然だったと思います」

財前が緊張気味に応えると、若菜が背後にまわりこんでくる。なにをするのかと思えば、背中に乳房がふんわりと押し当てられたのがわかった。

「こ、これは、いったい……」

戸惑った声を漏らすと、背後から含み笑いが聞こえてきた。

「仁美ちゃんと今、話し合ったんです。財前さんのこと、いっぱい気持ちよくして大きくしちゃおうって」

「だって、一度出すと、すぐにはできないでしょ？」

仁美も手コキをしながら囁き、乳首にチュッと吸いついてくる。

つまりは二人がかりで勃起させるつもりなのだろう。すでに射精しているので、配慮はありがたいが、お客さまにこんなことをしてもらっていいのだろうか。

「自分でなんとかしますので——ううッ！」

言いかけたところで、仁美に乳首を甘噛みされた。

「支配人さん、わかってないなぁ。こうやって二人がかりで男の人を責めるのが、楽しいのに」

「そうですよ。こんな機会、そうそうありませんから」

背後の若菜も楽しそうにつぶやき、乳房を押しつけたまましゃがみこんでいく。柔肉で撫でられる感触が心地いい。やがて、彼女は湯に浸かり、尻たぶにキスの雨を降らせてきた。

「財前さんのお尻、引き締まってるんですね」

「おっ……おおっ」

尻にキスをされるのは初めてだ。ちょっとした愛撫が、手コキの快楽を格段に高めていく。女性二人に責められるのは、思った以上に刺激的だった。

「ふふっ、硬くなってきた。でも、もう少しかな」

仁美も目の前にしゃがみこむ。ペニスの根元に指を絡めたまま、先端にフーッと息を吹きかけてきた。

「ううっ、か、川波さま」

思わぬ展開に動揺を隠せない。前と後ろから責められて、嫌でも期待感が膨らんでいく。

「舐めたら、もっと硬くなるんじゃない？」

まるでマイクに向かって話すように、仁美が男根を握り締めて語りかけてくる。そして、上目遣いに見つめながら、亀頭にチュッと口づけした。

「うくっ……」

「ねえ、どう思いますぅ？」

ピンクの舌先で、裏筋をくすぐられる。根元のほうから先端に向かって、ゆっくり這いあがってくるのがたまらない。すでに男根はいきり勃っているが、財前は彼女の期待に応えるように頷いた。

「お、おそらく、ですが、もっと硬くなるのではと」

「じゃあ、舐めてあげる……はむンンっ」

仁美の唇が、亀頭をすっぽりと包みこむ。ペニスの先端だけ咥えこまれて、舌でねろりねろりと舐めまわされた。

「くおッ、き、気持ちいいです」

思わず呻き声が溢れだす。そのとき、背後の若菜が信じられない行動に出た。

「わたしも、気持ちいいことしてあげます」

尻たぶに両手をあてがって、尻の谷間に顔を埋めてくる。臀裂(でんれつ)を割り開き、剝きだしになった肛門に吸いついてきた。

「おううッ、な、なにをなさっているのですか？」

「お尻も性感帯だって、レディコミに書いてありました……はむうっ」

どうやら、若菜は経験は少なくても知識だけは豊富らしい。躊躇することなく、尻穴に舌を這いまわらせてくる。窄(すぼ)まりの中心部から外に向かって、繊細に動く舌先を何度も滑らせた。

「こ、これは、なかなか……」

もちろん、その間も仁美がペニスをしゃぶっている。唇を太幹に密着させて、ゆったりと首を振っていた。

「ンふっ……あふっ……むふンっ」

根元も指でシコシコされると、陰茎はこれ以上ないほど硬くなる。それなのに、仁美はフェラチオをやめようとしなかった。

「もっと硬くなる？　はむンンっ」

唇でしっかり締めつけて、テンポをあげた首振りで責めてくる。そうしながら、上目遣いに財前の表情を観察していた。

（わたしが快楽に悶えている顔を見て、楽しんでいるのですね）

そういうことなら、ぎりぎりまで耐えるしかない。

「くううッ」

それにしても、凄まじい快感だ。前後から濃厚に愛撫されて、カウパー汁がとめどなく溢れだしていた。

「あふンっ……ンンンっ」

ペニスを咥えた仁美が、なんども喉を上下させる。口内に注がれる我慢汁を、次々と嚥下（えんげ）していた。

「か、川波さま、そんなにされたら……くおおッ」

背後からは若菜が肛門を舐めしゃぶってくる。尖らせた舌先で窄まりの中心部を圧迫して、ついにはツプッと浅く埋めこんできた。

「ンふううッ」

「うほッ、こ、これはすごいです」

思わず腰を前に突きだすと、男根が仁美の口内に深く入りこんでしまう。ところが、彼女はむせることなく、ディープスロートで責めたててきた。

「あふッ、はむううッ」

「お、お待ちください……うむッ、それ以上は、もう……」

凄まじい快感だった。夜の露天風呂で、女性二人からペニスとアヌスを同時に愛撫されている。昇り詰める寸前まで責められて、財前は顔を真っ赤にしながら必死に訴えた。

「ううッ、もう、もう限界でございますっ」

腰が震えはじめると、ようやく二人は顔をあげて愛撫を中断する。あと少し遅かったら、間違いなく暴発していた。

「危ないところでした……」

息を乱しながらつぶやくと、若菜も前にまわりこんでくる。そして、二人は肩を揃えて、ペニスをまじまじと見つめてきた。

「素敵……ビンビンじゃないですか」

「わたしのフェラ、そんなによかったの？」

若菜が目を輝かせれば、仁美は自慢気に微笑を漏らす。いずれにせよ、彼女たちも欲望を高まらせているのは間違いなかった。

「では、今度はわたくしがサービスさせていただきます。お二人は後ろを向いて、この岩に両手をついてください」

湯船を形成している一番大きな岩を示すと、二人を後ろ向きに並ばせた。

財前から見て、右に若菜、左に仁美が立っている。こうして比べてみると、若菜はむっちりと肉づきがよく、仁美は贅肉が少なくすっきりしていた。タイプこそ異なるが、二人ともそれぞれ魅力のある対照的な女性だった。

「もっとお尻を突きだしてください。頭を低くして、もっとこちらに……ああ、いいですね」

美臀が双つ並んだ光景は、こうして眺めているだけでも満足感が湧きあがる。でも、まだこれで終わりではなかった。

二人の女性を一度に相手にするのは初めてだ。かつてない興奮が胸のうちで渦巻いている。普段は沈着冷静なホテル支配人といえども、男であることに変わりはなかった。

「財前さん……ねえ……」

「ああっ、支配人さん、焦らさないで」

若菜と仁美が呼びかけてくる。財前も早く媚肉の感触を味わいたくて、屹立したペニスをヒクつかせていた。

「では、まずは……」

右側の若菜の背後に陣取った。むちむちの尻たぶに両手を置くと、巨大な亀頭を膣口に押し当てた。

「あうっ、は、入ってくる……はああッ」

先ほど一度挿入しているので、女壺は財前の形を覚えている。スムーズに男根を呑みこみ、根元までぴったり収まった。

「お望みのモノが、全部入りましたよ」

「あああッ、こ、これ……ああッ、これいいっ」

最初はあんなに大人しかった若菜が、感極まったような声をあげる。まだ挿入しただけなのに、女体をくねくねとよじらせて、今にも昇り詰めそうな気配だ。

「そんなにいいの？　ああンっ、わたしも欲しい」

隣の仁美が、羨（うらや）ましそうに同僚の横顔を見つめている。自分も早く貫かれたくて、尻を突きだした姿勢のまま、しきりに内腿を擦り合わせていた。

「あとで挿（い）れて差しあげますので、少々お待ちください」

若菜の尻肉を揉みしだき、腰をゆったり振りたてる。勃起をじわじわ抜き差しすると、彼女はあっという間に乱れはじめた。

「あッ……あッ……い、いいっ」

首を左右に揺すり、男根を思いきり締めつける。先ほど昇り詰めたことで、感度が上昇したままなのだろう。財前のピストンはまだまだ序盤なのに、愛蜜の分泌量が驚くほど多かった。

「すごく濡れてますよ」

「ああッ、だって、感じちゃうっ」

すぐにでも絶頂に追いあげられそうだが、仁美をずっと放っておくわけにはいかない。いったんペニスを引き抜くと、若菜は恨めしそうに振り返った。

「あンっ……どうして？」

「申し訳ございません。すぐに戻ってきますので」

丁重に頭をさげてから、仁美の背後に移動する。小ぶりのヒップを撫でまわし、若菜の愛蜜にまみれた亀頭を割れ目に押し当てた。

「はあンっ、来て……早く」

「かしこまりました……ふんんっ」

よほど欲していたのだろう、軽く押しただけで剛根が呑みこまれていく。女壺は歓喜してペニスを迎え入れて、膣襞が奥へ奥へと引きこんだ。

「あああッ、こ、これ、これを待ってたの」

「す、吸いこまれていきます」

「はああッ、ふ、太いっ」

蜜壺がギュウウッと締まり、男根を思いきり食い締めてくる。さっそくピストンを開始するが、動かすのが苦しいほどの収縮だった。

「ぬううっ、これはきつい」

慎重にスローペースで抜き差しする。早く動かすと、瞬く間に快感が膨れあがりそうだった。

「ああッ、い、いいっ」

「気に入っていただけましたか？」

「あッ……あッ……もっと、もっとして……」

仁美がさらなる抽送をねだってくる。しかし、これ以上つづけたら中断できなくなり、射精してしまう。今のうちに男根を引き抜き、感度がアップしている若菜を、先に絶頂に追いあげたほうがいいだろう。

財前は腰を振りまくりたい誘惑を断ち切り、鉄の意志でペニスを後退させて、いったん結合を解いた。

「やだ、どうしてやめるの？」

仁美が不満の声を漏らすが、最終的にどちらにも満足してもらうためには仕方のないことだった。

「必ず戻ってまいります。ほんの少しだけお待ちいただけますか」

財前は腰を九十度に折って謝罪すると、再び若菜のヒップを抱えこんだ。

「若菜さま、お待たせいたしました」

愛蜜を滴(したた)らせている膣口に、男根を埋めこんでいく。途端に膣襞がザワつき、肉胴に絡みついてきた。

「はああッ、こ、これ、もっとください」

「むむッ、では、いきますよ」

凄まじい締めつけに耐えながら、いきなり腰を振りたてる。女体は昇り詰める寸前で放置されたことで、どうしようもないほど昂っていた。

「ああッ、ああッ、すごくいいですっ」

むちむちの尻が、早くも小刻みに痙攣している。女壺がうねり、男根を思いきり締めつけてきた。

「もっ、もう抜かないでくださいっ」

よほど待ち遠しかったのだろう。若菜の感じ方は凄まじい。手をついた岩に爪を立てて、喘ぎ声を夜の露天風呂に響かせた。

「いいんですよ、もっと感じても」

手加減するつもりはない。腰をしっかり掴んで、全力のピストンで責めたてる。剛根を力強く叩きこみ、子宮口を連続でノックした。

「あひッ、奥ばっかり、あッ、あッ」

「ここがお好きなんですよね」

「す、好き、あああッ、好きですっ」

若菜のよがり泣きが切羽詰まる。焦らされたことで感じやすくなり、白い背中を朱色に染めながら昇りはじめた。

「あああッ、もうっ、はああッ、もうダメぇっ」

「どうぞ遠慮なさらずに、思いきりイッてください」

リズミカルな抽送で一気に追いあげにかかる。ヒップをパンッ、パパンッ、と小気味よく鳴らして、膣奥を抉(えぐ)りつづけた。

「い、いいっ、すごくいいっ、あああッ、イクッ、イッちゃううう ッ！」

背中がググッと反り返り、蜜壺が収縮する。全身を硬直させたかと思うと、アクメの嬌声(きょうせい)を撒(ま)き散らした。

「ぬうううッ！」

危うく絶頂に巻きこまれるところだった。陰茎に巻きついてくる膣襞の感触は、凄まじい破壊力だ。それでも、財前は次のことを考えて射精寸前で踏みとどまると、ペニスをゆっくり引き抜いた。

若菜は力尽きて、湯船のなかにしゃがみこんだ。二度の絶頂で、精も根も尽き果てたという感じだ。ぐったりと岩にもたれかかり、満足そうな横顔を晒して、ハアハアと胸を喘がせていた。

「若菜ばっかり……ねえ、支配人さん」

隣で見ていた仁美が、焦れた様子で腰をくねらせる。振り返って見つめてくる瞳は、物欲しそうに潤んでいた。

「川波さま、お待たせして申し訳ございません」

もう財前も我慢できなくなっている。彼女の背後に移動して、細い腰を鷲摑み（わしづか）にすると、いきり勃った剛直で一気に貫いた。

「ふんっ！」

「あああッ、やっぱり太いっ」

同僚が昇り詰める姿を目にしたことで、焦れに焦れていたのだろう。仁美は甲高い声をあげて、スレンダーな裸体をくねらせた。

「これが欲しかったのですね」

膣襞が太幹に絡みつき、猛烈に締めあげてくる。待たされて焦らされて、女体はこれ以上ないほど高まっていた。

「そ、そうなの、あああッ、突いて、メチャクチャにしてぇっ」

「では、遠慮なくいきますよ」

最初から大きく腰を振り、ペニスを勢いよく出し入れする。足もとの湯が波打つ音と、愛蜜の弾ける音が混ざり合う。媚肉は意思を持った生き物のようにうねり、男根に次々と絡みついてきた。

「ああッ、もっと、もっと速くっ」

「これでよろしいですか……おおおッ」

要望に応えて、抽送速度をアップさせる。ついでに根元まで叩きこみ、さらに体重をかけて亀頭を子宮口にぶち当てた。

「ひいッ、ひああッ、いいっ」

仁美は黒髪を振り乱し、ほっそりした裸体をくねらせる。尻たぶが震えるほど力をこめて、ペニスをギリギリと絞りあげてきた。

「ぬううッ」

財前は唸りながら腰を振りまくる。膨張しつづける射精感に耐えながら、内臓まで突き破る勢いでピストンした。

「ああぁッ、すごいのっ、はあああぁッ」

喘ぎ声が高まり、仁美に絶頂が近づいているのは明らかだ。隣にしゃがみこんでいる若菜が、アクメの余韻を滲ませた瞳で見あげていた。

「仁美ちゃん、感じてるのね」

「い、いや、見ないで、若菜、見ないでぇっ」

口ではいやと言いながらも、同僚の視線すら快感を高めるスパイスにしているようだ。仁美はよがり泣きを振りまくと、腰をたまらなそうに揺すりはじめた。

「ああぁッ、もう……はああぁッ、もうダメになりそうっ」

「イクのですか？　くぅうッ、わ、わたしも」

財前も追いこまれているが、お客さまより先に達するわけにはいかない。懸命に射精感をこらえて、全力で腰を振りつづけた。

「おおおッ、おおおおッ」

「いいっ、すごくいいっ、あああぁッ、イッちゃいそうっ」

「よろしいですよ、川波さまっ」

もう耐えられそうにない。睾丸のなかでザーメンが暴れまわっている。財前は獣のように唸りながら、全力で腰を振りたてた。

「ぬおおおおおッ」

「あああぁッ、イクッ、イクイクッ、はあぁッ、あぁあああああああッ！」

仁美が絶頂に達した直後、財前も腰を震わせながら欲望を噴きあげる。蜜壺に埋めこんだペニスが脈動して、得も言われぬ快感が突き抜けた。

二度目だというのに、驚くほど大量の白濁液が迸る。ヒクつく媚肉に包まれての射精は、一瞬気が遠くなるほどの心地よさだ。財前は女体の痙攣が収まるのを待って、ペニスをゆっくり抜き取った。


「またのお越しをお待ちしております」

財前が深々と頭をさげると、若菜と仁美は仲よさそうに帰っていった。

昨夜の交わりが、若菜を元気づけたのは間違いない。女性としての自信が出てきたらしく、背筋をすっと伸ばした姿が清々しかった。

仁美も若菜のことを見直したようだ。しきりに笑顔で話しかけている。チェックインのときより、二人の距離が縮まっているように見えた。

「あの二人、なんかあったんですかね？」

明日香が不思議そうに首をかしげている。意外に鋭いところがあるので、なにかを感じ取ったようだ。

「さあ、どうなのでしょう。旅先でいろいろ話すことで、打ち解けたのかもしれませんね」

財前は惚（とぼ）けて答えると、たった今、思いついたという感じで付け足した。

「今日はわたしが、露天風呂の掃除をしましょう」

「えっ、いいんですか？」

「しばらくフロントに戻れませんから、しっかりお願いしますよ」

昨夜は遅くまで露天風呂で交わった。注意して後始末したつもりだが、なにか残っていないとも限らない。昼間の明かりの下で確かめておきたかった。

なにも知らない明日香は、フロントをまかされると聞いて喜んでいる。多少は認められたと思ったらしく、やる気に満ちた顔になっていた。

「わたし、がんばります！」

元気よく宣言する明日香を見て、財前は少し申し訳ない気持ちになりながらも頷くしかなかった。

第三章　フロント係におしおきを

1

三月も半ばを過ぎて、確実に春の気配が近づいていた。

窓ガラス越しに差しこむ日の光は、ぽかぽかと暖かくて眠気を誘う。チェックアウトのお客さまをすべて送り出し、財前はロビーの窓を拭いていた。

「あの、すみません」

声をかけてきたのは、連泊中の若い女性客だった。女子大生の二人組で、休みを利用して旅を楽しんでいるのだと言っていた。

「写真、いっしょに撮ってもらってもいいですか？」

「わたくしでよろしければ」

財前が笑顔で応じると、彼女たちは「きゃっ」と素直に喜んだ。順番に並んで写真を撮り、「ありがとうございました」と嬉しそうに去っていった。

ここのところ、女性のお客さまに声をかけられることが増えていた。

久しぶりにセックスをしたことで、なにかが変わったのかもしれない。眠っていた本能が目覚めて、牡のフェロモンが滲み出しているのだろうか。それを女性たちが敏感に嗅ぎとっているのだとしたら……。

お客さまに安心感を与えなければならないホテルマンとしては、決していい傾向ではない。これまで以上に、気持ちを引き締めなければならなかった。

「支配人って、ずいぶんモテるんですね」

背後で妙に平坦な声が聞こえてドキリとする。

恐るおそる振り返ると、フロントに立っている明日香がじっとりとした目で見つめていた。

「すごく楽しそうでしたよ。女の子とおしゃべりしてるとき」

言葉の端々から、ピリピリしたものが伝わってくる。なにか嫌な予感がして、財前は苦笑を漏らすしかなかった。

「もうこんな時間ですか。どうりでお腹が空いたと思いました」

「あっ！　わたしもお腹ぺこぺこです」

「では、田所さんを手伝いに行きましょう」

そろそろ田所がまかない作りに取りかかる頃合いだ。手が空いているときは、いつも手伝っていた。なんとか話題をすり替えることに成功すると、明日香を連れて厨房に向かった。


包丁の小気味よいリズムが響いていた。

財前と明日香が厨房に入ると、予想通り白衣姿の田所が従業員たちの昼食を作っているところだった。

「なにかお手伝いすることはありますか」

「ん？　皿を並べてくれ」

田所が無愛想なのはいつものことだ。仕事をしているときは、とくに他のことに気がまわらなくなる。完全に職人気質の男だった。

財前はそれ以上、余計なことは言わず、人数分の皿を並べていく。ついでにミネラルウォーターを飲むためのコップも用意した。

「あれ？　田所さんって包丁は左なんですねぇ」

洗いものに取りかかろうとした明日香が、ふと立ちどまって田所の手もとをじっと見つめる。ときどき細かいところに気づくから侮れなかった。

「まあな……」

田所はまるで取り合わない。別に機嫌が悪いわけではなく、仕事に集中しているだけだ。基本的に無口なので、会話が弾(はず)まないのはいつものことだった。

「どうしてかな？」

明日香も田所の性格をわかっているが、どうしても気になるらしい。不思議そうな顔をして、ひとりで首をかしげていた。

「支配人は知ってますよね？」

財前は目を合わせないようにしていたが、明日香は構わず歩み寄ってくる。猫のようにじゃれつき、ジャケットの袖を摑んできた。

「教えてくださいよぉ」

「おや、洗いものをするのではなかったですか？」

「そうですけどぉ」

唇を尖らせて、なにやら不服そうだ。

「お話しするのは後ですよ。まずは仕事をしましょう」

「うう……わかりました」

仕事は真面目に取り組んでいるが、彼女の財前に対する熱はいまだに冷めていない。なにかとヤキモチを焼いたり、構ってもらおうと寄ってきたり、日増しにアピールが激しくなっていた。

（なんとかしないといけませんね……）

このままでは、そろそろ仕事に支障をきたしかねない。一所懸命に洗いものをする明日香を、財前は困り果てた顔で眺めていた。


まかないは一人ずつ順番に摂ることになっている。

最後に昼食を食べ終えた財前は、杉崎にフロントをまかせて、自分は客室の掃除を手伝うため二階に向かった。

ベッドメイクはパートさん主体で行っているが、休みの関係で人数が少ない日もある。そんなときは、支配人であろうと客室掃除を手伝うのが、このホテルのやり方だった。

廊下に掃除用のカートがあり、客室のドアが開け放たれていた。

掃除をしている気配がしたので、財前は迷うことなく部屋に入った。すると、パートの女性がベッドのシーツを剝がしていた。

「お手伝いに来ました」

声をかけると、パートさんがハッとした様子で振り返った。

「あっ……し、支配人」

「小嶋さんでしたか。驚かせてしまったようで、申し訳ございません」

財前は内心の動揺を押し隠し、眉ひとつ動かさずに頭をさげた。

目を丸くして立ち尽くしているのは、偶然にも財前が密かに気にかけている小嶋貴子だった。

ベッドメイク担当の制服は、ベージュのスカートと半袖シャツの上に、同色のエプロンという地味なものだ。それでも、貴子の美しさは隠しきれない。どこか薄幸そうな雰囲気が、本人は気づかない妙な色気を強調していた。

「手が空いたので、お手伝いをと思いまして。シーツの交換ですね」

ことさら機械的に振る舞ってしまうのは、彼女を意識している証拠だった。

財前は高まる気持ちを抑えこみ、何事もなかったようにベッドに歩み寄る。そして、シーツを剝ぎ取り、廊下のカートに運んでいく。クリーニング済みのシーツを持って戻ると、貴子が困惑した様子で頭をさげた。

「すみません、わたしの仕事なのに」

「お気になさらないでください。小さなホテルで、働いている人数も少ないですから、みんなで助け合うのは当然のことです」

すでに彼女も知っているはずだが、あらためて説明する。特別な感情があって手伝っているわけではないですよ、と暗に伝えたかった。そんな言いわけじみたことを考えている時点で、すでに特別な感情があるのだが……。

「いいホテルですね」

貴子はシーツに手を伸ばし、ベッドの頭側に被せながらつぶやいた。

「いいホテル、ですか？」

思わず聞き返すと、財前は足側でシーツを引っ張った。

「はい、アットホームというか、みなさん温かい感じがいいなって」

彼女の表情は、いつになく柔和に感じられた。周囲に壁を作っている貴子が、そんなふうに思っていたとは意外だった。

自分がやってきたことが認められた気がして嬉しくなる。『ミミエデン』の支配人になり、とにかく毎日が懸命だった。

今でこそ経営は波に乗っているが、最初はすべてが手探りで、従業員にも迷惑をかけてきた。辞めていった者も多く、財前自身、いつまでつづくか自信がなかった。それらの苦労が、貴子の言葉ですべて報われた気がした。

「その温かい感じが、お客さまにも伝わっていて、みなさん満足そうです……あら、珍しい」

貴子が慌てて自分の口を手で押さえる。

「どうかしましたか？」

財前が尋ねると、彼女はいたずらが見つかった子供のように肩をすくめた。

「すみません……支配人が嬉しそうな顔をなさっていたので、ついいろいろと……」

指摘されるまで、まったく気づかなかった。財前は無意識のうちに笑みを浮かべていた。

「し、失礼しました」

言った直後に、謝罪する必要はなかったと赤面する。完全に動揺して、財前は思わず黙りこんだ。

「ふふっ、おかしいですね」

貴子が笑っている。ミミエデンで働きはじめて半年以上経つが、彼女のこれほど楽しそうな顔を見るのは初めてだった。

「わたしとしたことが、お恥ずかしい」

財前も釣られて笑顔になる。仕事中だというのに、かつてないほど心が軽くなっていた。

「うっ……」

そのとき、背中にゾクリとしたものを感じて背後を振り返った。

開け放たれた客室のドアの陰に人影が見えた。どす黒いオーラが漂っている。誰かが顔を半分覗かせて、じっとりとした目でこちらを見つめていた。

（み……宮沢さん！）

視線が重なると、すっと音もなく立ち去ったが、そこに立っていたのは明日香に間違いなかった。

「支配人、どうかされましたか？」

貴子が心配そうに声をかけてくる。一瞬の出来事だったが、財前の様子から異変に気づいたのかもしれない。

「いえ……ちょっと背中がぞわりとしたものですから」

「あら、風邪ですか？　少し休まれては」

「大丈夫です。問題ありません」

財前は微笑もうとするが、頬の筋肉がこわばってしまい、先ほどのように笑うことはできなかった。

2

翌日は貴子の定休日だった。

昼食を摂った後、財前は明日香といっしょに客室の掃除をしていた。

業務に支障をきたす恐れがある彼女のヤキモチを、なんとかしなければという気持ちがあった。

二人きりになれば、また積極的にアプローチしてくるだろうと予想していた。そのときに、やんわりと注意するつもりだったが、この日の明日香はまったく元気がなかった。

　彼女にしては珍しく、無駄話をせずに淡々と客室の清掃をしている。

　窓を全開にして換気をしながら、ゴミの分別、アメニティの補充、浴室とトイレの掃除、タオルとシーツの交換……。やることはたくさんあるが、明日香は必要最低限のことしか話さず、まるでロボットのように働いていた。

　昨日、貴子とベッドメイクしている現場を目撃した影響だろうか。ひどく落ちこんでいるように見える。今日は朝から無口だった。

　なにか大きな勘違いをしているのではないか。たとえば財前と貴子が交際していると思いこんで、ショックを受けているのかもしれない。そうだとすると、余計に厄介（やっかい）なことになりそうだ。とにかく、注意をする前に、彼女が落ちこんでいる理由を知る必要があった。

「今日はずいぶん口数が少ないですね」

　浴室の濡れたタオルを運びながら声をかける。さりげなさを装ったつもりだが、明日香は思った以上に反応した。

「そ、そんなことないですよ」

明らかに動揺して、目が泳いでいる。慌ててゴミ箱を運ぼうとするが、手が滑ったのか床に転がしてしまう。

「あっ！」

小さな声をあげたときには、丸めたティッシュやペットボトルが、あたりに散乱していた。

「お怪我はありませんか？　慌てなくても、まだ時間はありますよ」

「すみません、すぐに片付けます」

明日香は暗い声で謝罪すると、しゃがみこんでゴミを拾いはじめる。すっかり落ちこみ、いつもの明るい笑顔は完全に消えてしまった。

(これは、かなり重傷ですね)

どうやら負のスパイラルに嵌りこんでいるらしい。財前も彼女の隣に腰をおろし、空のペットボトルを拾いあげた。

「わたしのミスですから、わたしがやります」

申し訳なさそうにしているが、どこか頑なになっている。明日香の表情は硬く、目を合わせようともしなかった。

「困ったときはお互いさまです」

「でも……」

「それに、二人で作業したほうが早く終わります」

ゴミを拾いあげて掃除機をかければ、何事もなかったように片付いた。

「またミスしちゃいました」

「ミスは誰にでもあります。大切なのは嘆くことではなく、いかに対処してミスをカバーするかです」

財前の言葉を裏付けるように、念入りに掃除をしたことで、床はかえって綺麗になっている。ところが、明日香の表情は暗いままだった。

思い返せば、ここのところ明日香は細かいミスがつづいていた。

明るく振る舞っていたので気づかなかったが、ずっと落ちこんでいたのだろう。そんなとき、財前と貴子が仲よさそうにしているのを見て、余計にショックを受けたのかもしれない。

「シーツを交換しましょうか」

いつもどおりに声をかけながら、彼女を元気づける方法を考えていた。

使用済みのシーツを引き剝がして、廊下に置いたカートのカゴに放りこむ。そして、糊(のり)の利いたシーツを広げると、二人がかりでベッドにセットしていく。

「田所さんのまかないは好きですか」

さりげなく話しかける。財前がベッドの頭側にまわっており、明日香が足側を担当していた。

「え？　はい」

食べ物の話になると、若干だが表情が明るくなる。彼女は食べることが大好きで、まかないを楽しみにしていることを知っていた。

「支配人の料理も美味しくて好きですよ」

「それは、ありがとうございます」

調理師免許を取ったのは、七年ほど前のことだ。それ以来、田所が休みの日は財前が厨房に入り、まかないを作っていた。なにしろ、田所という優秀なシェフに教わっているので、腕前はかなりのものだった。

「昨日、田所さんは右利きなのに、どうして包丁は左なのかと言っていましたね」

「はい」

「以前は包丁も右で握っていました。ところが、事故で利き腕を大怪我したのです。ずいぶん昔……ミミエデンに来るずっと前のことです」

手をとめて話しはじめると、明日香も神妙な面持ちになる。

大切な話だと察してくれたらしい。財前は彼女の目を見て小さく頷き、再び口を開いた。

「わたしは前の仕事の関係で、彼が働いていたお店によく行っていました」

当時、田所は赤坂の料亭で腕を振るっていたが、そこまで詳しく話す必要はないだろう。適度に伏せながら、田所の経歴を語って聞かせた。

「日常生活は支障なかったのですが、繊細な作業はできなくなりました。当時、若手の新進気鋭の料理人として、やっと芽が出はじめた頃でした。誰もが、彼の料理人人生はもう終わりだと、口々に言っていたものです」

ところが、田所は諦めなかった。

左手で包丁を握り、再び一から修業を積んだ。どれだけの苦悩があったかは本人にしかわからない。そして、必死の努力を重ねたおかげで、利き腕より左手を使うようになってからのほうが評価があがり、一流ホテルからも誘いが来るまでになった。

「そんなことが、あったんですか……」

明日香はなにかを考えこむように黙りこんだ。

彼女には伏せておいたが、財前は微力ながら田所の復帰に手を貸していた。

どうしても、彼が作る料理をもう一度食べたかった。そこで、料亭のオーナーに会って、田所が左手で復帰するまで見守ってくれないかと頼んだ。それほどまでに、彼の腕に惚れこんでいた。当時の財前には多少のコネがあり、田所を料亭に留まらせることが可能だった。

そのことを後になって知った田所は、財前のことを恩人だと言って、今も数々の誘いを断り、ミミエデンを手伝ってくれていた。

「田所さんってすごいんですね。それに比べて、わたしは……」

明日香が顔をうつむかせていく。田所の超人的な話を聞かされても、彼女のやる気が目覚めることはなかった。

「あなたは確かに失敗が多い。落ち着きもなく考えがすぐ顔に出るあたり、ホテルマンとしてまだまだ未熟で、一人前にはほど遠い」

口先だけの励まし(はげ)の言葉をかけるつもりはない。辛辣(しんらつ)でも現実を受けとめなければ、前に進むことはできない、というのが財前の考えだ。

「ですが、その恐ろしいまでの前向きさは、みんなが買っているところなのですけどね。そんなに落ちこんでいるところを見ると、一番の長所がなくなってしまいます。非常に残念です」

「……買っている？　わたしのことをですか」

明日香の猫のような瞳が大きく開かれた。

「し、支配人が？　支配人がわたしのことを？」

全身から漂っていた負のオーラが一気に霧散して、ぱあっと花が咲いたような笑顔になる。そして、ふわふわとした足取りで近づいてきた。

「いえ、わたしだけではなく、みんなです」

なにやら猛烈に嫌な予感がする。慌てて訂正するが、もはや彼女の耳には届いていなかった。

「嬉しいです」

「ですから、みんなだと言って……人の話はきちんと聞きなさい」

すぐ目の前まで迫ってきた彼女の瞳は、キラキラと輝いている。財前の顔を見あげたまま、なにを考えているのか胸に飛びこんできた。

「おっ……」

予想外の事態だった。受けとめきれず、背後のベッドに倒れこんでしまう。仰向けになった財前に、明日香が覆い被さる格好だ。

「支配人のこと押し倒しちゃいました」

まったく悪びれた様子もなく、胸もとから見あげてくる。落ちこんでいたのが嘘のように、にこにこ笑っていた。

「なにをしているのですか、立ってください」

「いやです、せっかく支配人とくっつけたんですから」

明日香はそう言って、財前のシャツに頬を擦りつけてくる。子猫がじゃれついているようで可愛いが、まったりしている場合ではない。清掃中とひと目でわかるとはいえ、客室のドアは開け放ったままだった。

「誰かに見られたら、大変なことになりますよ」

「見られてもいいです、そうしたら公認になっちゃいますね」

大胆なことを言っている割りに、耳まで真っ赤になっている。どうやら、あまり男慣れはしていないようだ。

そんなことを思っているうちに、彼女の小さな手が股間に伸びてきた。スラックスの上からペニスをまさぐっている。手つきは拙(つたな)いながらも、スリッ、スリッ、と撫であげてきた。

「な、なにをしているのです」

慌てて注意するが、彼女はまったく聞く耳を持たない。財前の上に折り重なった状態で、股間をいじりつづけていた。

「ちょっとくらい、いいじゃないですか」

「いけませんよ、これは業務命令です」

「あ、こういうときに、そういうこと言うのって、ずるくないですか?」

明日香は唇を尖らせると、スラックス越しに男根をキュッと握った。

「くうっ!」

思わず小さな声が漏れてしまう。さすがに焦りの色が濃くなり、財前はあたりを見まわした。廊下からは死角になっているが、いつまでもこの状態でいるわけにはいかなかった。

（困りました。まさかこんなことになるとは……）

相手は小柄な女性だ。はね除けようと思えば、できないことはない。とはいえ、腕力にはすこぶる自信がない。全力を出すしかないので、つまり力の加減ができず、彼女に怪我をさせてしまう恐れがあった。

仮に怪我をさせずにすんだとしても、女心を傷つけてしまうのは間違いない。理由がどうであれ、女性に恥をかかせるわけにはいかなかった。

（宮沢さんが辞めてしまっても困るし……ううむ、どうすれば……）

財前が悩んでいる間も、明日香は拙い愛撫をつづけている。胸板に頬を押しつけたまま、右手でスラックスの股間をいじりまわしていた。

「なんか、硬くなってきました」

「い、いえ、それはですね……」

「いいんですよ、支配人だって男ですもんね」

なにを言っても、聞き入れてくれそうになかった。

ペニスに刺激を受ければ、体は無条件に反応してしまう。それが男というものだが、彼女は浮かれた様子の笑みを浮かべていた。

「わたしの手で大きくしてくれたんですね、嬉しい」

なにか勘違いをしている。いや、勘違いしている振りをして、既成事実を作ろうという巧妙な作戦かもしれない。いずれにせよ、彼女のペースに呑みこまれたら、まずいことになるのは目に見えていた。

「宮沢さん……いくらなんでも、性急すぎると思いませんか？」

遠まわしに中断させようとするが、彼女の手は股間から離れない。ペニスはボクサーブリーフのなかで硬くなり、すでに布地をしっかり持ちあげていた。

「気にしないでください。わたしなら、いつでも準備はできています」

「と、おっしゃいますと？」

「いつ支配人に押し倒されてもいいように、毎日、準備をしてるんです」

信じられないことに、身も心も準備万端だという。可愛い顔をしているが、行動は大胆だった。驚くほど一途（いちず）な性格で、チャンスがあれば最後までいくつもりなのだろう。

今さらながら、明日香の想いの強さに圧倒されてしまう。ここまで好意を寄せてくる彼女を傷つけず、すべてを丸く収める方法がどうしても思いつかなかった。

「ううっ……」

男根はますます成長していく。やさしく握られたり、擦られたりしているうちに完全勃起して、我慢汁が溢れだすのがわかった。

「生で見てもいいですか？」

明日香はそう言うなり、ベルトを外してしまう。さらにはスラックスのファスナーをおろして、グレーのボクサーブリーフに包まれた股間を剝きだしにする。そこには、あからさまに男根の形が浮かびあがっていた。

「あンっ、こんなになって……」

息を呑む気配が伝わってくる。その直後、ボクサーブリーフの上からペニスを摑まれた。

「くうっ」

「硬い……ああっ、すごく硬い」

彼女の声が熱に浮かされたようになっている。男性器を包んでいるのがボクサーブリーフ一枚になり、興奮が高まってきたのかもしれない。息遣いも乱れており、顔がさらに赤くなっていた。

「パンツに染みができてますよ」

「そ、それは……くううっ」

亀頭を指でやさしく撫でまわされる。カウパー汁で濡れており、感度が普段よりもアップしていた。

「また濡れてきました。支配人って感じやすいんですね」

明日香はすっかりその気になっている。ボクサーブリーフをめくりおろして、いきり勃ったペニスを剝きだしにした。

「わぁ、大きい……食べちゃってもいいですか？」

素早く下半身に移動すると、股間を覗きこんでくる。床に膝をつき、下半身に覆い被さる格好だ。財前はすかさず上半身を起こそうとするが、その前に亀頭をぱっくりと咥えこまれた。

「はむンンっ」

「おおおッ！」

瞬間的に力が抜けて、再び背中をシーツにつけてしまう。走り抜ける快感には抗えず、全身の筋肉を硬直させた。

(まさか、宮沢さんがこんなことを……)

自分の股間を見おろせば、愛らしい明日香がペニスを咥えている。先端だけとはいえ、己の男根を咥えているのは間違いない。いつもは子供っぽいと感じていた彼女が、急に大人の女になった気がして戸惑った。

「い、いけません……ううっ」

肉竿の表面を、可憐な唇が滑りはじめる。ズルズルと咥えこまれて、思わず唸るほどの快感がこみあげた。

「ンっ……ンンっ」

明日香が上目遣いに見つめたまま、屹立した砲身をゆっくり呑みこんでいく。柔らかい唇で、竿を擦られる感触がたまらなかった。

「あふううっ」

根元まで口内に収めると、ゆったりと首を振りはじめた。さすがに苦しいのか涙目になっている。それでも、休むことなく、ゆったりと首を振りはじめた。

「ンふっ……はむっ……むふンっ」

彼女が頭をあげることで、唾液でヌメ光る太幹が露わになる。カリの上を唇が通過すると快感電流がひろがり、腰にぶるるっと震えが走った。唇は亀頭から離れることなく、再び肉胴を呑みこんでいく。その一連の流れを、明日香は決して視線を逸らすことなく行っていた。

しかも、彼女は舌も使って、ペニスを舐めまわしてくる。深く呑みこんだときは竿の部分をしゃぶり、浅く咥えたときは亀頭やカリ首を刺激してきた。

「あふンっ、むふふンっ」

「おおっ……おおおっ」

財前はフェラチオを中断させるどころか、だらしない声を漏らすことしかできなかった。

快感に縛られているのは確かだが、気力を振り絞れば逃げられるだろう。だが、彼女の気持ちを考えると、どうしても実行に移せなかった。

「み、宮沢さん、ドアを閉めないと」

震える声で指摘する。それでも、明日香は執拗に首を振っていた。

「ンっ……ンっ……」

ぎこちない動きからしても、さほどフェラチオの経験がないのは明らかだ。財前の気を引きたくて、懸命にペニスをしゃぶっている。そんな健気な彼女を、無下に突き放すことなどできなかった。

(こうなったら、あれしかありませんね)

彼女に恥をかかせることなく、諦めてもらう方法をひとつだけ思いついた。自分は悪者になるが、それは仕方のないことだろう。

いずれにせよ、客室のドアを開け放った状態で、フェラチオをつづけるのは危険極まりない。一刻も早くこの状況を終わらせる必要があった。

3

「宮沢さん、あなたの気持ちはよくわかりました」

財前はやさしく語りかけながら、フェラチオの快感をこらえて身を起こした。

「支配人？」

ようやくペニスを吐き出した明日香が、期待のこもった瞳で見あげてくる。これからすることを思うと心苦しいが、それは彼女のためでもあった。

手を貸して明日香をベッドに座らせると、財前はいったん身なりを整えて、客室のドアを閉めに行く。その際、カートに置いてあったクリーニング済みの浴衣の帯をポケットに押しこんだ。

ドアだけではなく、窓も閉じて鍵をかけた。もう誰かに見られる心配はない。この密室でなにが起ころうと、二人だけの秘密だった。

「これで邪魔が入ることはありません」

彼女の隣に腰掛ける。至近距離から見つめ合い、いきなり唇を重ねていく。

「あ……うぅンっ」

一瞬、明日香は驚いたように目を見開いたが、すぐに身体から力を脱いていく。財前はすかさず舌を差し入れて、濃厚なディープキスを仕掛けていった。

「あふンっ」

睫毛をそっと伏せるだけで、明日香はまったく抵抗しない。財前が舌を絡め取って吸いあげても、されるがままになっていた。

キスをしながら首もとのスカーフを取り去り、ベストとブラウスのボタンを外して脱がしてしまう。これで上半身に身につけているのは、愛らしいピンクのブラジャーだけになった。

「ああ……」

唇を離しても、明日香は頬を染めるだけで抗うことはない。スカートに手を伸ばせば、自らホックを外して脱がせるのを手伝ってくれた。

ストッキングもおろして抜き取れば、ブラジャーとお揃いのピンクのパンティが露わになる。布地の面積が小さく、股間に食いこむようなデザインだ。いつ見られてもいい、厳選された下着に違いなかった。

「嬉しい……支配人とずっとこうなりたかったんです」

「では、遠慮はいりませんね」

「え……それって、どういう意味ですか？」

明日香が剝きだしの肩をすくめてつぶやいた。

いちいち説明する必要はない。財前は愛の言葉をかけることなく、ブラジャーのホックを外して毟り取った。

「あっ……」

とっさに両腕で胸もとを覆い隠す。乳房が腕に押されて、柔らかそうにひしゃげている。初々しい反応に思わずドキリとするが、それでも財前は無言のまま、彼女の手首を摑んで胸から引き剝がした。

「ま、待ってください」

慌てる明日香の声を無視して、双つの膨らみを露わにする。ボリュームはそれほどでもないが、新鮮で張りのある乳房だ。

「小さいから……あんまり見ないでください」

小ぶりな乳房は愛らしいが、どうやら本人は気にしているらしい。軽く身じろぎすることで波打つ様に惹きつけられる。曲線の頂点では、透明感のあるピンクの乳首が揺れていた。

「ちょっと失礼しますよ」

財前は心を鬼にすると、彼女の両腕を背後にひねりあげる。痛みを与えないように注意しながら、手首から肘にかけてを重ね合わせた。

「え？　え？」

異変を感じた明日香が不安げな声を漏らすが、財前は聞く耳を持たない。ポケットに隠し持っていた浴衣の帯を、彼女の細い手首に素早く巻きつけていく。

「な、なにをしてるんですか？」

明日香が尋ねたときには、すでに両腕を背後できっちり縛りあげていた。

これは積極的に迫ってくる明日香を、できるだけ傷つけずに諦めさせる苦肉の策だった。精力には多少なりとも自信がある。縛った状態のまま、強引なセックスで責めたてるつもりだ。普段はソフトな財前に、サディスティックな裏の顔があると思いこませれば、ショックを受けて彼女のほうから自然と離れていくだろう。

「悪く思わないでください。わたしは、こういうセックスが好きなんです」

「こ、こういうって……女の人を縛るってことですか？」

明日香の声が震えている。おそらく、縛られるのなど初めてだろう。密室で拘束されて、恐怖を覚えているのは間違いなかった。

「縛るだけではないですよ」

財前はわざと抑揚のない声で告げると、彼女の身体をベッドの上に押し倒した。

「あっ……やさしく、してください」

見あげてくる瞳が怯えている。だが、手加減するつもりはない。あえて粗暴に振る舞うことで、二度と抱かれたくないと思わせる作戦だった。

「申し訳ございません。やさしくするのでは、興奮できないんですよ」

ベッドサイドに立つと、冷たい目で見おろしながら服を脱いでいく。体つきはスマートだが、散々フェラチオされたペニスは隆々とそそり勃っていた。

「し、支配人……」

白いシーツに、後ろ手に拘束された明日香の身体が横たわっている。手が使えないので、小ぶりな乳房を隠せない。パンティだけを身につけて、内腿をぴったりと閉じていた。

「まさか、今さらいやとは言わないですよね」

ベッドにあがり、瑞々しい女体に覆い被さった。彼女の表情を確認しながら、両手で乳房を揉みあげる。

「ああンっ」

明日香の唇から小さな声が溢れだす。微かに身をよじるが、激しく抵抗することはなかった。

「じつに柔らかいです」

若い肌は艶々して滑らかなうえに弾力がある。それなのに、揉んでみると蕩けそうなほど柔らかくて、指が簡単に沈みこんでいく。こうして触れているだけでも欲情が膨らみ、ペニスがさらに硬くなった。

「これなら、いつまででも揉んでいられますよ」

「そんな、胸ばっかり……小さいのに……」

明日香の顔は真っ赤になっていた。サイズを気にしているようだが、充分に魅力的な乳房だ。揉めば揉むほど、彼女は耳まで赤くして恥ずかしがるが、財前の興奮は跳ねあがっていった。

「あっ、ダメです、ああっ」

乳首を摘みあげると、反応がさらに顕著になる。甘い声を漏らして、財前の下で身体をくねくねと悶えさせた。

「これが感じるんですか？」

柔らかい乳頭を、人差し指と親指でそっと転がしてみる。すると、瞬く間にぷっくり膨らみ、ピンク色が濃くなった。

「あンっ、そこは、はあンっ」

胸を責められるのは、恥じらいが大きいぶん、反動で感じるらしい。乳首はまるで生ゴムのような感触になり、財前の指先を跳ね返してきた。

「こんなに硬くして、いやらしいですね」

「そ、それは、支配人が……」

「おや？　人のせいにするのですか」

普通の愛撫で楽しませるのはここまでだ。言葉尻を捕らえて、尖り勃った乳首を少し強めに摘みあげた。

「ああぁッ、つ、強すぎます」

途端に女体がビクッと仰け反り、眉が情けなく歪んでいった。

今にも泣きだしそうな顔をしているが、決して苦しんでいるわけではない。快感が大きすぎて戸惑っているだけだ。その証拠に猫のような瞳をとろんと潤ませて、内腿をしきりにもじもじと擦り合わせていた。

「まさかと思いますが、これでも感じているのですか？」

「だって……支配人に、そんなことされたら……」

明日香はまだ夢見心地で、財前の顔を見つめてくる。縛られたくらいでは懲りていないようだ。やはり、情けを捨てて、厳しく接するしかないだろう。

「では、これではどうですか」

乳首を勃てた愛らしい乳房にむしゃぶりつくと、舌を這わせて舐めまわす。さらに唇で強く挟みこみ、チュウチュウと音を立てて吸いあげた。

「ああっ、も、もう、あああっ」

快感がひろがっているのだろう、明日香は腰をくねらせて感じている。だが、財前は愛撫を中断すると、いきなりパンティを引きおろした。

「あっ……」

彼女が声をあげたときには、すでに股間が剝きだしになっている。小判形に手入れされた薄めの陰毛が、恥丘をふわっと飾っていた。

パンティをつま先から抜き取ると、わざと目の前で広げてみせる。性感を蕩かせていたのを物語るように、船底の部分には愛蜜の染みがくっきりひろがっていた。

「これはなんでしょう。お漏らしでもしたのですか？」

「ち、違います、お漏らしなんてしてませんっ」

むきになって否定するところが、子供っぽくて可愛らしい。だからといって、甘い顔をするつもりはなかった。

「では、この染みはなんですか？」

パンティを見せつけて問い詰める。すると、明日香は視線を逸らして、耳まで赤くしながら黙りこんだ。

「答えたくないのなら、身体を見て確かめさせていただきます」

女体をうつ伏せにすると、腰を摑んで強引に持ちあげた。

「きゃっ！」

明日香は自分の意思に関係なく、膝を立てて尻を高く掲げる格好になる。両腕は背後で拘束しているため、頰と両肩をシーツにつけて、腰を大きく反らした苦しい体勢になった。

「こんなの……は、恥ずかしいです」

「いい格好ですよ」

財前は真後ろに陣取ると、尻たぶに両手をあてがって臀裂を割り開いた。

「ほら、こうすると、大事なところが丸見えです」

「ああっ、いやぁっ」

鮮やかなサーモンピンクの陰唇はもちろん、くすんだ色の肛門まで、すべてがつまびらかになっている。明日香は尻を左右に振りたてて抵抗するが、財前はわざと顔を近づけて膣口にフーッと息を吹きかけた。

「はああッ」

「濡れてますね。縛られて興奮したのですか？」

「そ、そうじゃなくて……ほどいてください」

「申し訳ございませんが、それはできません。わたしは、女性を苛(いじ)めることでしか、興奮できない質(たち)なんです」

財前は尻たぶを両手でギュッと摑んで、指先を強く食いこませる。そうやって、彼女の心に恐怖を刻みこんでいく。だが、これはまだ序の口だ。ここから、一気に責めを加速させるつもりだった。

「女性が苦しむ姿を見るのが好きなんです。宮沢さんが泣き叫ぶところを見せてください」

「ウ、ウソですよね？　やさしい支配人がそんなこと――くううッ！」

明日香の声が苦しげな呻きに変化する。尻たぶをさらに強く摑んだことで、痛みが走ったのだ。

「い、いやっ、いやですっ」

慌てたように尻を振りたてるが、財前は絶対に手を離さない。指の跡がつくほど、双臀をグイグイと揉みまくった。

「ああっ、ふ、普通に……こんなのひどいですっ」

明日香は両腕に力をこめるが、浴衣の帯が皮膚に食いこむだけでほどけない。抗ったところで、縛られていることを実感するだけだった。

「なにを暴れているのですか?」

財前は平然と言いながら、肛門にも熱い息を吹きかけた。

「ひッ、い、いやですっ」

女体がビクッと反応して、尻の筋肉に力が入る。思った以上の拒絶反応だ。この様子だと、尻を責めれば確実に嫌われるだろう。

「これがわたしの愛し方なんです」

臀裂に顔を埋めて、肛門に唇を押し当てた。

「ひいッ!」

閉じようとする尻たぶを、両手でがっしり摑んで阻止しながら、尻の穴に舌を這いまわらせる。チロチロとくすぐってやれば、彼女は必死に尻を振りはじめた。

「あひッ、いやっ、いやですっ」

「これがわたしの趣味なんです。受け入れてもらうしかありません」

「ひあぁッ、お尻、ダメぇっ」

明日香の悲しげな声が客室に響き渡る。それでも、財前は執拗に尻穴を舐めつづけた。

好きになった男の性癖を知り、さぞ後悔していることだろう。夢見がちな彼女のことだ。少女漫画のようなメルヘンチックな抱かれ方を想像していたに違いない。それが現実には、両手を背中で縛られて、肛門をしゃぶられているのだ。幻滅するのは時間の問題だった。

(でも、念には念を入れたほうがいいでしょう)

中途半端なことをしても意味がない。どうせ嫌われるのなら、徹底的に嫌われたほうがいい。恋愛感情の芽を、完全に摘み取るつもりだ。財前は非情になるように自分に言い聞かせると、尖らせた舌先をアヌスにねじこんだ。

「ひいいッ！　い、いやぁっ」

明日香の唇から裏返った悲鳴が迸る。後ろの穴を舐められるのも、舌を入れられるのも初めてだろう。ブルブルと痙攣する尻たぶから、彼女の動揺がはっきり伝わってきた。

「どうです、気持ちいいですか？」

そんなはずはないとわかっていながら、わざと尋ねてみる。そうやって言葉でも責めつつ、執拗に禁断の窄まりをしゃぶりつづけた。

「ううッ、ひううッ」

もうまともにしゃべることもできず、明日香は身を硬くして唸るばかりだ。拘束された両手を強く握り締めて、肛門をねぶられる汚辱感に耐えていた。

やがて寒くもないのに、女体が凍えたように震えはじめる。拒絶反応が限界に達したのかもしれない。それでも、尻穴がふやけるほど舐めまくり、ようやく財前は臀裂から顔をあげた。

「ふぅっ、堪能させていただきました」

満足げな声でつぶやき、手の甲で口もとを拭った。

彼女の顔をそっと覗きこんでみる。すると、頬をシーツに押しつけた状態で、ハァハァと息を乱していた。半開きになった唇の端から、透明な涎が垂れている。瞳は虚ろで、ぼんやりと宙を眺めていた。

アヌス責めがよほど応えたらしい。駄目押しに自分勝手なセックスをすれば、完璧に嫌われるだろう。

「宮沢さんのお尻があんまり美味しいので、すごく興奮してきましたよ」

財前は露悪的な口調でそう言いながら体を起こすと、彼女の背後で膝立ちの姿勢を取った。

ヒップをしっかり抱えこみ、屹立した男根の先端で割れ目を探る。すると、亀頭が膣口に触れた瞬間、クチュッと湿った音が聞こえた。

「なんですか、これは？」

恥裂は驚くほど濡れており、発情した女の匂いまで漂ってくる。もちろん、お漏らしなどではなく、愛蜜に間違いなかった。

女というのは、つくづく不思議な生き物だ。

尻の穴を責められるのを、あれほど嫌がっていたのに濡らしている。心では抗っているのに、刺激を受けた身体は自然に反応してしまう。まるで濃厚な愛撫で感じまくっていたように、滴るほど愛蜜を溢れさせていた。

「お尻を舐められるのが、そんなによかったのですか？」

「い、いや……いやです」

「そのうち、お尻にも挿れてあげますよ」

尻たぶをねちねち撫でまわして脅しをかけると、亀頭を膣口に沈みこませる。最初はゆっくり押しこみ、張りだしたカリが見えなくなるまで挿入した。

「あああッ、こ、こんな……こんなに大きいなんて」

女壺で迎え入れることで、大きさを実感しているらしい。明日香はうわずった声でつぶやき、縛られた両手を握り締めた。

「奥まで欲しいですよね」

「ま、待ってください、大きすぎるから」

「大丈夫、すぐに気持ちよくなりますよ……ふんッ！」

彼女の声を無視して、いきなり根元まで叩きこむ。たっぷりの愛蜜で濡れているので、必要以上の苦痛を与えることはないだろう。とにかく、欲望のままに腰を振る男になりきり、さっそくピストンを開始した。

「おおっ、気持ちいいですよ」

くびれた腰を両手でがっしり摑み、力強くペニスを抜き差しする。彼女を感じさせるためではなく、自分が気持ちよくなることだけを考えた。

「そんな、いきなり、あああっ」

「こんなに濡れてるんです。前戯なんて、尻を舐めるだけで充分ですよ」

自分でも酷いことを言っていると思うが、うねる媚肉の感触で興奮しているのも事実だ。膣襞がいっせいに蠢き、ペニスに絡みついていた。

「すごく締まってますよ、おおおっ」

「ああっ、強いです、あああっ」

明日香が戸惑いの声を漏らして、いやいやと首を振りたくった。

彼女にとって過去にこれほど身勝手な男はいなかっただろう。こんなはずじゃなかったと、心のなかで思っているはずだ。嫌われるのは淋しい気もするが、恋愛感情を断ち切って業務に集中させるには、こうするしか方法が思いつかなかった。

「そらそらっ！　本当は感じてるんでしょう？」

腰の動きをどんどん速くする。これほど自分本位のセックスをしたことは、かつてない。演技とはいえ、粗暴な振る舞いに違和感を覚える。だが、その一方で、これまでにない昂りを感じていた。

「あっ、ああっ……乱暴にしないでください」

懇願の声を無視して、剛根を叩きこむ。ついでに震える尻たぶを、平手でパシッと打ち据えた。

「はああッ！」

明日香が驚きの声をあげた瞬間、膣道全体が収縮する。男根を思いきり締めつけて、女体が小さく跳ねあがった。

「おおおッ、こ、これはすごい」

反対側の尻たぶも叩いてみる。途端に女壺が締まって、快感が倍増した。

「ああッ、いやっ、ぶたないで」

いやと言いながら、腰をくなくなよじっている。快感が大きくなるのは彼女も同じらしい。膣が締まることで、摩擦感が増すのだろう。財前は屈辱を与えるように、左右の尻たぶを連続して叩きまくった。

「ひいッ、あひッ、こんなのって、はああッ」

すぐに女体がブルブルと震えはじめる。明日香はスパンキングされながらのピストンで、しだいに性感を蕩かせていた。

「叩かれて感じるんですか？　そらっ、そらっ」

財前はいつしか暗い悦び(よろこ)に目覚めて、勢いよく腰を振りたくった。ペニスはひとまわり大きく膨らみ、カリが膣壁をゴリゴリ削っていた。

「あああッ、いやっ、あああああッ、いやいやっ、あぁああああああああッ！」

明日香は突然、艶めかしい声を響かせながら昇り詰めていった。

「うおッ……うぐぐッ」

蜜壺が激しく波打ち、ペニスを締めつけてくる。財前は懸命に奥歯を食い縛り、押し寄せてくる射精感の波をやり過ごした。

なんとか達するのはこらえたが、嵐のような興奮は持続している。財前は休むことなく腰を振りつづけた。

「おおおッ、おおおおッ」

「あひッ、そ、そんな、イッたから、イッちゃったからっ」

「イッても関係ないですよっ」

「あぁあッ、あああッ、や、やめっ、ひああああッ」

絶頂に達したばかりの明日香が、悲鳴にも似たよがり声を響かせる。女を屈服させているという悦びが、財前をますます凶暴にしていた。

「ゆ、許して、ああああッ、許してくださいっ」

「まだまだっ、おおおッ、おおおおおッ」

訴えてくる明日香の声を聞き流し、腰を勢いよく打ちつける。赤く手形がついた尻たぶがパンパン鳴り、野性に火がついたように女壺を抉りまわす。もう演技でもなんでもない。本能のままに腰を振りたくった。

「はあああッ、ダ、ダメっ、またイッちゃうっ、あひあああああああッ！」

明日香が再び絶頂を極める。強引すぎるピストンに抗えるはずもなく、全身汗だくになり、オルガスムスの大波に呑みこまれていった。

それでも、財前の腰振りは終わらない。

獣のように唸りながら、前のめりになって剛根を穿ちこむ。愛蜜が飛び散り、牡と牝の淫臭が客室に立ち籠めていく。縛られて抵抗できない明日香が、ヒイヒイ喘いでいる。アクメに達したのに責められて、男根を猛烈に締めつけていた。

「や、やめてっ、ひあああッ、壊れちゃうっ」

「くうううッ！」

なにを言われてもやめるつもりはない。財前にも絶頂が迫っていた。彼女には申し訳ないと思うが、興奮のほうが大きかった。

「おおおッ、うおおおおッ」

繰り返し腰をぶつけていく。ひたすらペニスを出し入れして、快楽だけを追い求めた。絡みついてくる媚肉を振り払い、奥の奥まで肉柱を穿ちこんだ。

「ぬううッ、で、出るっ、ぬおおおおおッ！」

好き放題に腰を振り、自分のタイミングで昇り詰める。財前は自分本位のセックスで、ついに大量のザーメンを放出した。

「あああッ、いいっ、ま、またっ、あああッ、イクッ、イクイクうううッ！」

明日香が三度目のオルガスムスに達して、全身を感電したように震わせる。ペニスをしっかり食い締めながら、深い快楽の海に沈んでいった。

財前は微かな胸の痛みを感じつつ、執拗に腰を振りたくり、最後の一滴まで欲望汁を注ぎこんだ。

「宮沢さん、そろそろ起きてください」

普段どおりを心がけるが、胸のうちでは罪悪感が膨らんでいた。

財前はすでに身なりを整えて、ダークスーツで決めている。誰が見ても、セックス直後とは思わないだろう。

目の前のベッドには、明日香がぐったり横たわっていた。

すでに手首を拘束していた帯はほどいてある。仰向けにして、そっと毛布を掛けておいた。

もう、以前までの彼女ではない。目を覚ました途端、財前に冷ややかな目を向けてくることだろう。なじる言葉を投げつけてくるかもしれない。いずれにせよ、恋愛感情が砕け散っているのは間違いなかった。

それでも、ミミエデンで働いてくれるのか、それとも辞めてしまうのか。彼女に聞いてみなければわからないことだった。

彼女が働きはじめて三か月余りだが、すでに仲間意識が芽生えている。できることなら、今までどおりいっしょに働きたいというのが本音だった。

「宮沢さん……」

もう一度呼びかけると、明日香は「ンンっ」と声を漏らして瞼を開いた。

しばらく、ボーッとしていたが、目の焦点が合ってくると「あっ」と声を漏らして、毛布を鼻の下まで引きあげた。

「これで、おわかりになりましたね。わたしは、こういう男なのです」

抑揚のない平坦な声で告げる。感情を押し殺して、なにを言われてもいいように身構えた。

明日香は毛布を被ったまま、財前のことをじっと見つめている。そろそろ罵声が響き渡ると思ったとき、彼女は意外な言葉を口走った。

「嬉しい……」

一瞬、聞き間違いかと思ったが、確かに「嬉しい」と聞こえた。

「はい？」

意味がわからなかった。反射的に聞き返すと、明日香は口もとを覆っていた毛布をさげて顔を覗かせた。

「本当の自分を包み隠さず見せてくれたんですね」

「……えっ？」

「それって、自分を知ってほしいということですよね。本当の支配人を知ってるのは、わたしだけってことですよね」

明日香は瞳をキラキラと輝かせている。

これまで見てきたなかでも、最高に明るい表情だった。

（これは……いったい……）

財前はどう反応すればいいのかわからず、呆然と立ち尽くしていた。

なぜか明日香は、ひとりで頬を染めている。

サディスティックに責めることで、嫌われるはずだった。ところが、逆効果だったらしい。どこで間違ったのか、ますます惚れられてしまった。

第四章　濡れ光る深夜の森

1

朝から雲行きが怪しかったが、夕方になってついに降りだした。

正面玄関前の路面を大粒の雨が叩いている。財前はフロントに立ち、本日のチェックイン状況を確認をしていた。

昼前にキャンセルの電話が一件あったが、その他のご予約いただいたお客さまはすべてチェックインが終わっている。この天候なので、空いているひと部屋が飛びこみ客で埋まることはないだろう。

「ついに降ってきちゃいましたね」

事務室で休憩していた明日香が、ひょこっと顔を覗かせた。

財前が彼女と身体を重ねたのは一週間前のことだ。嫌われるようにサディスティックな男を演じたが、明日香の思考は予想の遥か上を行っていた。思惑どおりにはならず、彼女の熱はさらにあがっている。とはいっても、やたらとベタベタしてくることはなくなった。

——わたし、支配人に見合うような大人の女になります。

そんなことを真顔で言っていた。だからといって、まったく安心することはできない。

「今夜は嵐になりそうです」

財前は答えながら、密かに身構えていた。

油断していると、熱い眼差し(まなざし)を向けていることがある。急に抱きつかれるのではないかと気が気でなかった。

「なにか、お手伝いはありますか？」

「とりあえず、ここは大丈夫です」

「じゃ、田所さんのところに行ってきます」

やけに聞きわけがいい。明日香は意外なほどあっさり引くと、ひとりで厨房に向かった。彼女なりにアプローチの方法を考えているのかもしれない。いずれにせよ、引きつづき警戒が必要だろう。

その後、お客さまのディナーが終わり、従業員も順番にまかないを摂った。

みんなで協力して片付けをして、本日の厨房の仕事は一段落した。田所、杉崎、明日香が事務室に集まり休憩している。財前はフロントに立ち、翌日の予約の確認をしていた。

現在の時刻は夜の九時五十分、あと十分でフロントを閉める時間だった。

気を抜いたそのとき、雷鳴が轟(とどろ)いた。暗い空がピカッと青白く光り、正面玄関の外にたたずむ人影が照らされた。

「わっ！」

つい声をあげてしまう。こんな時間に人が訪ねてくるとは意外だった。

この雨のなかを歩いてきたとは思えないので、タクシーで来たに違いない。ひっきりなしに雷が鳴って空が光るため、車のライトに気づかなかった。

「どうしました？」

杉崎が巨体を揺すって事務室から現れた。財前の声を聞いて、すぐに飛び出してきたのだろう、やはり頼りになる男だった。

「失礼しました。どうやら、お客さまのようです」

答えた直後、正面玄関から三十代と思(おぼ)しきカップルが入ってきた。

「おっ、結構いい感じのホテルじゃん」

浮かれた声で話しているのは、年季の入った黒い革ジャンを着た男だった。中肉中背で髪はボサボサ、少々だらしない感じが全身から漂っていた。

「そうね……」

　女性が弱々しい声で返答する。ベージュのコートの前をきっちり首もとまで留めており、セミロングの黒髪が肩先で揺れていた。

　コートのベルトをきっちり締めているため、大きな乳房と尻が強調されている。グレーのスカートの裾から、黒っぽいストッキングに包まれた脚が覗いていた。ふくらはぎはすらりとして、足首がキュッと細い。一見したところ地味なOL風だが、スタイルのよさは隠しきれなかった。

　終始うつむき加減だが、肌が白くて目鼻立ちは整っている。ただ、暗い表情をしており、なにやら後ろめたさが感じられた。

「あの……お部屋、空いてますか？」

　声をかけてきたのは女性のほうだった。

　深刻そうな彼女とは対照的に、男はどこかヘラヘラした感じで隣に立っている。二人の纏っている空気が、どうにも釣り合わなかった。

「確認いたしますので、少々お待ちください」

　財前は普段どおりに応じながら、内心で迷っていた。

　訳ありに見える飛びこみ客が来た場合、部屋が空いていても満室だと言って断るのがホテル業界の常識だ。なにか事件でも起こされたら、悪い噂が一気に広まってしまう。そんなことになれば、宿泊客が激減するのは間違いない。

支配人である財前は、お客さまだけではなく、全従業員に対する責任もある。ホテルが立ち行かなくなれば、彼らを路頭に迷わせてしまう。そのリスクを背負ってまで空室を埋めるのは考えものだ。

「五軒ほどまわってきたのですが、どこも満室で……」

女性が疲れきった様子でぼそぼそとつぶやいた。

体よく断られただけなのだが、わかっていないらしい。なにしろ、悲壮感が出過ぎている。この調子では、何軒まわったところで、まともなホテルはどこも泊めてくれないだろう。

「いい感じだな。ここに泊まりたいね」

男のほうは脳天気にしゃべっている。泊まる場所が見つからなくても、焦っている様子はまったくなかった。

おかしいと思ったのは財前だけではない。隣に立っている杉崎を見やると、彼も意味ありげに小さく頷いた。

（やはり警戒したほうがいいでしょう。ですが……）

ここで断れば、二人が朝までさ迷うのは目に見えている。それを思うと、追い返すのも可哀相な気がした。

「食事はいりません。素泊まりでいいんです」

縋るように言われると、なおさら断りづらい。この嵐のなか、困っている人たちを追い返すのは人間的にどうだろう。財前は悩んだ末、キャンセルになって空いてる部屋を提供することにした。

「ツインルームでよろしければ、一室だけ空いております」

そう伝えると、女性がほっとするのがわかった。

泊まる場所が見つかって安堵しているだけではない。上手く説明できないが、なにかもっと深いものを感じさせた。

「おっ、ラッキー」

男は相変わらず軽い感じで喜んでいる。二人のテンションの違いに、ますます違和感が膨らんでいった。

「では、こちらにご記入お願いいたします」

宿泊者名簿をカウンターの上に滑らせると、彼女はほんの一瞬だが、躊躇する様子を見せた。そして、「高橋洋子」「三十三歳」「ＯＬ」と記入する。さらに男に代わることなく、「高橋和也」「三十五歳」「会社員」と書きこんだ。

「これで……いいですか？」

返された宿泊者名簿を確認する。

ところどころ字が躍っている。手が震えそうになるのを、強い筆圧で誤魔化しているようだ。

おそらく偽名だろう。夫婦を装っているだけで結婚もしていない。彼女の左手薬指に指輪はなかった。訳ありのカップルが、夫婦を装うことは珍しくない。疑わしいだけで身分証明書の提示を求めることはしていなかった。

「ありがとうございます。少々お待ちくださいませ」

財前はいったんフロントを離れると、杉崎を連れて事務室にさがる。すると、田所と明日香がいっせいに視線を向けてきた。

「大丈夫かい？」

こちらの様子を気にしていたのだろう、田所が小声で尋ねてくる。明日香も心配そうに見つめてきた。

「細心の注意が必要です。みなさん、よろしくお願いします」

財前の言葉に、三人が真剣な表情で頷いてくれる。「どうして、あんな客を泊めたんだ」と問う者はいない。怪しいと思っても、追い返せなかった財前の気持ちを、みんなが察してくれた。

嵐とともにやって来た飛びこみ客――憔悴（しょうすい）した女と妙に調子のいい男。なにかが起こりそうな予感に、四人の顔は自然と引き締まった。

「それでは杉崎さん、お客さまをお部屋にご案内してください」

杉崎が無言で頷いて出ていくと、事務室には重苦しい空気が流れた。

「支配人、わたしにまかせてください」

沈黙を破ったのは明日香だった。本人は大真面目だが、明るい声が微笑ましい。例によって根拠のない自信で、彼女なりに元気づけてくれた。

「くくっ……さすがはお嬢ちゃんだ」

田所がこらえきれずに笑いだす。財前も釣られて口もとをほころばせた。

「二人とも、なにがおかしいんですか？」

「いえ、なんでもないですよ」

目を合わせると噴きだしそうで、財前はすっとフロントに向かった。

「ちょっと、田所さん、わたしのこと笑ったでしょ！」

「ち、違うって、こら、叩くな、まかない作らないぞ」

背後でやりあう声を聞きながら、財前は従業員を守る責任の重さをあらためて実感していた。

2

深夜二時――。

財前は寮の自室で、明日の宿泊予定の顧客名簿を確認していた。

部屋の照明は落として、ベッドに腰掛けている。スタンドの明かりのなかで、名簿に目を通しているのは、眠くなったらすぐ横になるためだった。

いつもなら、すでに寝ている時間だが、今夜は気持ちが落ち着かない。飛びこみの訳ありそうなカップルのことが気になっている。女性の暗い表情が、頭から離れなかった。

(なにもなければいいのですが)

胸のうちでつぶやき、ふと窓の外に視線を向ける。そのとき、なにかが動いたような気がした。

「……ん?」

恐るおそる立ちあがり、窓際に歩み寄った。

じつは幽霊の類(たぐい)が苦手だが、お客さまであるなら放っておくことはできない。こんな時間の外出は、どう考えても普通ではなかった。

窓ガラスの向こうに目を凝(こ)らす。

いつの間にか雨がやんでおり、空には月が浮かんでいた。どうやら嵐は一時的なものだったらしい。景観を損(そこ)ねるので外灯は設置されていないが、ほのかな月明かりが、ホテルの裏庭から森のなかに伸びる散策路を照らしていた。

そこをひとりの女性が歩いていく。ベージュのコートを着ていたことから、あの飛びこみ客だとわかった。

散策路は森のなかをぐるりとまわっており、途中で脇道に入れば湖畔におりることもできる。いずれにせよ、夜中に女性ひとりで行く場所ではなかった。

財前はダークスーツに着替えると、急いで外に飛び出した。

ひとりで行かせるわけにはいかない。ただの散歩の可能性も否定できないが、声はかけるべきだ。森に入る寸前で、懐中電灯を持ってくればよかったと思うが、取りに戻る時間はない。お客さまの身になにかあってからでは遅かった。

財前は意を決して森に足を踏み入れた。

頭上を鬱蒼(うっそう)とした木々が覆っている。月明かりが遮(さえぎ)られて、途端に暗くなってしまう。恐怖心が芽生えるが、それでも立ち止まるわけにはいかない。雑草を刈って平らにならしただけの散策路を進んでいった。

三月の深夜はさすがに寒い。歩いていれば暖まるかと思ったが、足もとがよく見えないので、速度をあげることができなかった。

しばらくすると、森のなかにある東屋(あずまや)が見えてくる。自然に調和するように木を組んで作られた簡単なものだ。この周囲だけは切り開かれており、月明かりがやけに明るく感じられた。

東屋がぼんやりと照らされている。

建物の周囲は腰の高さまで壁になっており、内側には木製のベンチが作り付けられていた。こちらに背を向けて、女性客がひとりで腰掛けているのを見つけた。財前は東屋にゆっくり歩み寄った。

「え？」

足音に気づいたのだろう、彼女が肩をすくめて振り返る。こんな時間に人が現れたのだから、驚くのは当然のことだった。

「支配人の財前でございます」

財前は東屋の入口で立ち止まり、丁重に腰を折って挨拶した。

「驚かせてしまったようで、申し訳ございません」

「ど……どうして？」

彼女は財前の顔を見つめたまま、視線を逸らそうとしない。よほど驚いたのか、月明かりに照らされた頬を引きつらせていた。

「お客さまが森に入っていかれるところをお見かけしたものですから、少々心配になりまして」

「誰か、来たのですか？」

やはり様子がおかしい。財前が歩いてきた方角を見やり、掠れた声で尋ねてきた。

「誰か、とおっしゃいますと？」

「い、いえ、なんでもありません」

なにかに怯えているようだ。もしかしたら、何者かに追われているのだろうか。連れの男性がいっしょにいないのも妙だった。痴話喧嘩をして飛び出してきた、という単純なことでもなさそうだ。

「旦那さまは、お休みになられているのですか？」

本当の夫婦ではないと予想しているが、あえて「旦那さま」と言ってみる。すると、彼女はあからさまに動揺して、右手に握り締めていたものを落とした。

「あっ……」

月明かりで照らされた東屋の床に、白い粒がバラバラと散らばっていく。どうやら錠剤らしい。一見したところ、三十錠はあるだろう。これほど大量の薬を一度に服用するなどあり得なかった。

「なにか事情がおありのようですね」

責めるような口調になってはならない。財前はできるだけ穏やかに語りかけた。

おそらく睡眠薬だろう。やはり普通の客ではなかった。彼女はこの東屋でひとり淋しく命を絶とうとしていたのだ。瞬時に考えたのは、連れの男性は今どうしているのかということだった。

「よろしければ、お話ししていただけませんか？」

彼女はベンチに腰掛けたまま、膝の上で両手を握り締めている。顔をうつむかせて、肩を微かに震わせていた。

「旦那さまは、今、どちらにいらっしゃいますか？」

財前の問いかけに、彼女はゆっくり首を左右に振った。

（まさか、すでに睡眠薬を……）

最悪の事態が脳裏を過(よ)ぎる。

「旦那ではないんです。あの人……祥(しょう)ちゃんは恋人です」

苦しげに口を開くと、宿泊者名簿に書いたのは偽名だと打ち明けてくれた。

彼女の本名は、野川奈々美(のがわななみ)、三十三歳の元ＯＬ。彼は菅谷祥二(すがやしょうじ)、三十五歳で無職だという。

「ごめんなさい。いろいろあって……祥ちゃんは部屋で寝ています。起こすと不機嫌になるから、黙って出てきました」

言い逃れできないと悟って素直になっている。今さら嘘をつくとは思えない。とりあえず、連れの菅谷という男性は無事だと考えていいだろう。

「どうして、こんなことを？」

財前は彼女の隣に腰をおろすと、床に散らばった錠剤を目で示した。

「……わたし、男運が悪いみたいなんです」

奈々美が語りはじめたので、黙って聞くことにする。まずは胸に抱えているものを吐き出させたほうがいいと考えた。

「これまで男の人とは、ひと晩だけの付き合いで終わったり、お金を貸した途端に連絡が取れなくなったり……でも、祥ちゃんは好きだって言ってくれて……そんなこと言われたの初めてだったから嬉しくて」

二年前に友だちの紹介で知り合い、交際がはじまったという。やがて奈々美は菅谷にせびられるまま、小遣いを渡すようになったらしい。

(それは、ちょっと……)

財前は思わず口を挟みそうになった。

今までの男と大して変わらない、いや、二年も付き合っている分、質が悪いかもしれない。だが、菅谷にベタ惚れの様子なので軽はずみなことは言えなかった。

「わたしは、東京の建設会社で経理をやっていました。でも、祥ちゃんは仕事がなかなか見つからなくて、息抜きにパチンコに行ったり、競馬とか競艇も……真面目に職探しはしてたんですよ、仕方なかったんです」

ここまで懸命に庇おうとするところを見ると、本当は彼女も薄々気づいていたのではないか。

「わたしは結婚したかったんですけど、祥ちゃん、どうしても籍は入れたくないって言うんです。彼、バツ2なんです。だから、もう結婚は懲りたって」

奈々美はそこまで一気にしゃべると黙りこんだ。月明かりの下で、ただでさえ白い顔はいっそう青白く見えた。

「もし祥ちゃんにフラれたら、もう……もう一生ひとりかもしれない……そう思うと怖くって」

声が震えている。苦しげなつぶやきだった。

自分を愛してくれるのは、菅谷しかいないと思いこんでいるのかもしれない。本当は駄目な男だとわかっている。ようするに菅谷はヒモだ。それでも、別れることができないのだろう。

「ご自分に自信が持てないのですね」

財前の言葉に、彼女はこっくり頷いた。

「いつの間にか貯金が底をついて……祥ちゃんに渡すお金がなくなって、困ってしまって……」

なにやら雲行きが怪しい。奈々美の口調が重くなり、ますます思い詰めた表情になった。

「会社のお金をこっそり……」

ギャンブル好きで金遣いの荒い菅谷のために、会社の金を横領したという。今はまだバレていないが、発覚するのは時間の問題だった。

驚きの告白に財前は息を呑んだ。

彼女の全身から発散されている負のオーラの原因がわかった。それほど大きなものを抱えこんでいれば、重苦しい表情になるのは当然だ。財前はなにも言わず、彼女の告白に耳を傾けた。

「それで、怖くなって……なにもかも捨てて……」

東京を離れて一週間が経つという。

ラブホテルを泊まり歩いて、長野まで流れてきた。会社には風邪を引いたのでしばらく休むと連絡を入れたが、そろそろおかしいと思いはじめている頃だった。

行く当てのない逃亡生活だ。

それなのに、菅谷は行く先々でギャンブルに明け暮れているという。あっという間に残金はわずかになり、菅谷は酒に逃げるようになった。飲むと暴力を振るうこともある。普段は気の小さいお調子者なのに、酒が入ると人が変わってしまう。

もう、逃げ切れるものではない。覚悟はできている。ただ、最後に思い出がほしかった。楽しい思い出が……。

奈々美は自ら命を絶つ気でいた。愛する人を道連れにして。

そこまで思い悩んでいたのに、脳天気な菅谷はまったく気づいていなかった。奈々美はこういう日が来ると思い、東京にいる間に大量の睡眠薬を手に入れていた。

最後はラブホテルとは違う素敵な部屋に泊まりたかった。

美味しい料理をお腹いっぱい食べて、ゆっくり温泉に浸かり、肌の温もりを感じて交わる。そして……。

計画を実行に移すため、ホテルを探した。ところが、予約していない二人を、どこも泊めてくれなかった。諦めかけたとき、ようやく受け入れてくれたのがミミエデンだった。

食事は摂れなかったが、温泉に入って身体を清めた。

心の準備ができたところで、最後の契り（ちぎ）を結ぶため部屋に戻ると、泥酔して高鼾（たかいびき）をかいている菅谷の姿があった。彼の周囲には、自動販売機で購入した缶ビールの空き缶がたくさん転がっていた。

こうなってしまうと、朝まで目を覚まさないことを知っている。無理に起こせば、不機嫌な彼に殴られてしまうだろう。

奈々美は情けなくなって泣いた。

こんなどうしようもない男に惚れてしまったのだ。もうひとりで逝くしかないと思い、睡眠薬をポケットに入れて、ふらりと裏庭に出た。

森のなかにつづく散策路を、月明かりがぼんやりと照らしている。奈々美は導かれるように歩き、そして東屋に辿り着いた。

「ここが、最期の場所だと思ったんです……うっぅぅっ」

ついに彼女が嗚咽を漏らしはじめる。

すべてを告白して、こらえていたものが決壊したのかもしれない。両手で顔を覆うと、むせび泣きが号泣に変わった。

3

「罪をつぐなうことをお望みなのですね」

ひとしきり涙を流し、多少落ち着きを取り戻したところで、財前は穏やかに声をかけた。

「だからこそ、わたしに告白してくださったのだと思います。ご自分で命を絶つことより、警察に行かれてはいかがでしょう」

やんわり自首を勧めるが、奈々美は首を縦に振らなかった。

「もう、お終いです……なにもかも……」

掠れた声でつぶやき、顔をうつむかせていく。すべてに絶望して、すべてを諦めているように見えた。

「何度でもやり直せます。わたしもそうでしたから」

財前は久しぶりに自分の過去を思いだした。犯罪に手を染めてはいないが、これまで決して楽しい人生を歩んできたわけではなかった。

「……支配人さんも?」

「死ぬ気になれば、なんでもできますよ」

実感をこめて語りかける。ホテルマンになって生まれ変わった財前は、人生いくらでも再出発ができると信じていた。

「死ぬ気に……なれば……」

奈々美が少し首をかしげて考えこむような仕草をする。しばらくすると、いつの間にか涙はとまっていた。

「わかりました」

決心が固まったのだろう。これまでとは異なる凛とした声が、東屋のひんやりした空気を震わせた。

「祥ちゃんの代わりに……支配人さんがわたしを抱いてくれたら自首します」

「え？」

思わず自分の耳を疑った。

ところが、彼女はやけに熱のこもった瞳でじっと見つめてくる。どうやら、聞き間違いではなかったらしい。つい先ほどまで自ら命を絶とうとするほど落ちこんでいたのに、今はわたしを抱いてくれと目で訴えていた。

（こ、これは困りましたね……）

このところ様々な事情でお客さまと関係を持ってきたが、今回のケースは少々荷が重かった。

「わたしを満足させてください」

「ですが、お連れさまがお部屋に……」

「きっと朝まで起きません。自首したら、もう抱いてもらえないじゃないですか」

確かに奈々美の言うとおりだ。明朝、自首をするつもりなら、菅谷と情を交わす機会は二度とないだろう。

「死ぬ気になれば、なんでもできるんですよね？」

ジャケットの袖を摑んで揺すってくる。捨て鉢になっているのだろうか。先ほどまで悩んで泣いていた女性とは思えない、かなり無茶な要求だった。

「三十を越えても独り身で、なんの取り柄もない地味なＯＬで……そんなわたしのことを、嘘でも祥ちゃんは好きって言ってくれたんです」

奈々美の瞳が潤んでいる。だが、もう涙を流すことはなかった。

「いい夢を見ることができました。でも、最後にもう一度だけ抱いてほしかった。だから、支配人さん……」

懇願するような瞳で見つめられる。財前は言葉に詰まり、彼女の瞳を見つめ返すことしかできなかった。

奈々美が犯した横領がどれほどの罪に問われるのかわからない。いずれにせよ、菅谷とは別れることになり、彼女もしばらく恋愛などできないだろう。

「お願い……します。自首する前に、最後の夢を……」

切実な願いが、胸に流れこんでくる。これほど頼まれて、突き放すことはできなかった。

ジャケットの袖を掴んでいる彼女の手に、財前はそっと手のひらを重ねた。

「お客さまが、そうおっしゃるのなら」

財前は腹を括(くく)った。彼女に一時の安らぎを与えてあげたい。これまで、菅谷だけではなく、悪い男たちに騙(だま)されてきたのだろう。せめて今だけは、幸せな気分に浸らせてあげたかった。

「奈々美さま」

彼女の手を両手で包みこみ、瞳を見つめて囁きかける。通常業務ではあり得ないことだが、あえて名前で呼びかけた。

月明かりのなかで、奈々美が瞳を揺らしている。そして、なにも言わず、震える睫毛を伏せていく。財前は彼女の気持ちに応えたい一心で、無言のまま唇をそっと重ねていった。

「ンっ……」

奈々美が微かに鼻を鳴らし、唇を半開きにする。すかさず舌を滑りこませると、彼女も舌を伸ばしてきた。

「はふっ……ンふぅっ」

ディープキスになるのは自然の流れだった。

舌を深く絡ませて、粘膜同士を擦り合わせる。顔を右に左に傾けながら、彼女の甘い唾液を味わった。

唇をぴったり重ねたまま、右手をコートの上から胸もとに這わせていく。ふっくらとしており、軽く指を曲げると適度な弾力が返ってくる。直に触れたくてコートをまさぐっていると、彼女が自分の手で前を開いてくれた。

「触って、ください」

囁く声が艶を帯びている。キスだけで興奮しているのかもしれない。コートを完全に脱いでベンチに置くと、ブラウスのボタンを上から外しはじめた。

白い肌が露わになってくる。自分で誘っておきながら、ひどく恥ずかしそうにブラウスを脱いでいく。弱々しい月の光が、肌理の細かい肌を照らしだす。まるで陶磁器のように白くて滑らかな肌だった。

乳房を覆っているのは、生活感溢れるベージュのブラジャーだ。彼女は両手を背中にまわしてホックを外すと、惜しげもなく乳房を晒した。

「お綺麗です、すごく」

自然と言葉が溢れだす。月光の下で見る女体は、陰影がはっきりしており、芸術的でありながら、同時にひどく艶めかしく感じられた。

「お、お世辞でも嬉しいです」

奈々美の声が震えているのは、寒さのせいだけではないだろう。

本当は初対面の男に、平気で裸を見せられるような性格ではない。自分に残された時間はわずかしかないと焦っている。一刻も早く、最後の契りを交わしたい。そんな彼女の心情が、なぜか財前には手に取るようにわかった。

「お世辞ではありません。本当に素晴らしいです」

ジャケットとワイシャツを脱いで上半身裸になる。冷気が肌を撫でるが構うことはない。彼女の肩に手をまわし、女体をしっかり抱きすくめた。肌と肌を触れさせて、少しでも寒さを軽減させてあげたかった。

「あったかい……」

奈々美の囁きを聞きながら、乳房をそっと揉みあげる。見た目どおり、肌はスベスベしており、蕩けそうなほど柔らかい。指をめりこませるだけでも、彼女は息を乱して腰をよじった。

「はあっ……ああっ……」

「もう感じてきたのですか？」

もう片方の乳房を揉みながら問いかける。まだ乳首には触れず、柔肉をゆったり捏ねまわしていた。

「だって、そんなにやさしくされたら……」

彼女の声には戸惑いが感じられる。特別なことをしたつもりはないので、財前も困惑していた。

もしかしたら、菅谷は性急な抱き方をしていたのかもしれない。己の欲望を満たすことばかりで、自分勝手なセックスをしていたのではないか。ろくに前戯もしないで挿入されていたのだとしたら、じっくり胸を揉まれただけで彼女が狼狽するのも当然のことだった。

「安心して身をおまかせください。ホテルに声は届きません。どんなに感じてもいいのですよ」

憐れな彼女に同情していた。男に愛される悦びを教えてあげたかった。

「支配人さん……ああっ」

指先が乳輪を掠めただけで、女体がヒクッと震えて喘ぎ声が溢れだす。月の光を浴びた乳首は、すでに硬く尖り勃(た)っていた。

だが、まだ肝心な場所には触れず、乳房を揉みつづける。こうして焦らせば焦らすほど、後で与えられる快感は大きくなるはずだ。本当の悦びを知れば、過去の男がどんなに酷い扱いをしてきたかわかるだろう。財前の情熱的な愛撫が、山の深夜の寒さを忘れさせていった。

「柔らかいですね、すごく素敵です」

「はあンっ、どうして……そんなにやさしいんですか？」

奈々美が潤んだ瞳で見つめてくる。やさしい愛撫に身悶えながら、激しく狼狽していた。

「わたしが、客だからですね」

「いいえ、そうではございません」

財前は静かに答えて、乳輪の周囲を右手の指先でサワサワとくすぐった。

「はンンっ」

「奈々美さまが女性だからですよ」

そう言った直後、乳首をそっと摘みあげる。途端に女体が反応して、ベンチの背もたれに体重を預けて仰け反った。

「あああっ！　そ、そこっ」

奈々美は眉を八の字に歪めると、訴えるように見つめてくる。走り抜けた快感の大きさに驚き、怯えているのが伝わってきた。

「怖がらなくても大丈夫です。お好きなだけ感じてください」

微笑を湛えて語りかけながら、隆起した乳首を指先でやさしく転がしていく。すると、乳輪まで硬くなって、見るからにぷっくり膨らんだ。

「で、でも……ああっ」

「ほら、こんなに硬くなりましたよ。身体が悦んでいる証拠です」

「そんな、恥ずかしい……」

じっくり愛撫されるのは初めてなのだろう。しきりに身をよじり、呼吸を乱している。反対側の乳首も同じように刺激して、たっぷりと悶えさせた。

「いい感じに硬くなりましたね。それでは、失礼いたします」

　財前は真面目な顔をして断り、乳房に顔を埋めていく。先端に唇を被せて密着させると、舌を伸ばして乳首をねろねろと舐めまわす。そうしながら、同時に両手で乳房を揉みあげた。

「あっ……あっ……」

　彼女の切れぎれの喘ぎ声が、深夜の東屋に響き渡る。刺激に慣れさせないよう、左右の乳首を交互にしゃぶり、ときおり前歯で甘嚙みした。

「あううっ、か、嚙んじゃダメです」

「でも、乳首は嬉しそうに尖っています」

「ああっ、それは、支配人さんが……はああっ」

　赤子のようにチュウチュウと音を立てて吸いあげる。やはり奈々美は女体をよじり、ますます喘ぎ声を大きくした。

「わ、わたしにも……」

　彼女の手が、スラックスの股間に伸びてくる。財前のペニスはすでに芯を通しており、布地を大きく膨らませていた。

「硬くなってます……見ても、いいですか？」

　遠慮がちに尋ねてくるのが彼女らしい。大人しい性格でも、熟れた女であることに変わりはない。きっと満たされない欲望を溜めこんでいるのだろう。スラックスの上から、男根をしきりに撫でまわしていた。

「お好きなようになさってください。誰も見ていません。二人だけの秘密です。奈々美さまの望むままにされていいのですよ」

安心させるように声をかけると、奈々美は無言でベルトを外してスラックスを膝まで引きおろしていく。グレーのボクサーブリーフには、ペニスの形がくっきり浮かびあがっていた。

「ああ……」

小さく喘ぎながら股間に覆い被さると、股間に頬擦りを繰り返す。布地越しに男根を感じて、スカートのなかで内腿をもじもじと擦り合わせた。

「おしゃぶりされますか？」

自分からは言いだしにくいだろうと思い、こちらから尋ねてみる。すると、彼女は緊張した様子でボクサーブリーフをずりおろした。

「お、大きい」

奈々美が驚いた様子でつぶやき、男根を見つめている。押さえつけられていた肉柱は、天に向かって隆々とそそり勃っていた。

「いかがでしょう。お気に召していただけましたか？」

「こんなに大きいの……わたし……」

過去の男たちと比べたのかもしれない。奈々美は言い淀むと、誤魔化すようにペニスの根元に指を絡めてきた。

「すごく、硬いです」

溜め息混じりにつぶやき、指をゆっくりスライドさせる。逞しい剛根をうっとり見つめて、肉胴を擦りあげてきた。

「奈々美さまが魅力的だから、こんなに硬くなったのですよ」

財前が声をかけると、彼女は照れたように肩をすくめる。そして、亀頭に唇を押し当ててきた。

「ンっ……ンっ……」

さも愛おしそうにキスの雨を降らせると、ついにペニスの先端を咥えこむ。カリ首にぴっちり唇を密着させて、我慢汁をジュルジュルと啜りあげた。

「はむンンっ」

「おううっ！」

慌てて尻の筋肉を引き締める。竿をしごかれながら先端を吸いあげられるのは、危うく暴発するかと思うほどの快感だった。

「お、お好きになさってください」

平静を装って語りかけると、彼女はゆったり首を振りはじめた。

「ンふっ……あふっ……ンンっ」

唇でペニスをやさしく摩擦して、舌まで絡みつかせてくる。我慢汁を飲みたいらしく、尿道口をくすぐってはジュルルッと吸いあげてきた。

「こんなに硬くて、大きくて……はふううっ」

うわごとのようにつぶやいては、再び男根を頬張り首を振る。大人しそうな見た目に似合わず、性欲はかなり強いらしい。陰茎をしゃぶるほどに興奮が高まるのか、涎の量が増えて舌使いに熱が入る。唇をすぼめて吸引しながら、口唇ピストンのスピードをあげていった。

「ンっ……ンっ……ンンっ」

彼女の鼻にかかった微かな声も、牡の性感を煽りたてる。唾液が潤滑油となり、太幹を滑らかに擦られる感触がたまらない。

「うむッ……そ、そろそろ、欲しくなったのではありませんか？」

財前は思わず声をかけた。射精感が高まっている。黙っていたら、延々としゃぶっていそうだった。

「支配人さんの、立派すぎるから……つい夢中になってしまって……」

股間から顔をあげた奈々美は、恥じ入るようにつぶやいた。と、同時に瞳を物欲しげに潤ませる。腰も悩ましくくねらせて、欲情しているのは明らかだった。

「わたし、もう……」

「かしこまりました」

彼女の手を取って立ちあがらせる。床に散らばっている錠剤が、パンプスで踏まれてガリッと鳴った。財前は彼女の前でひざまずき、スカートのホックを外してファスナーをおろした。

羞恥心がこみあげてきたのか、奈々美は自分の身体をきつく抱き締めている。

それでも、スカートをさげていくと、片足ずつ持ちあげて脱がすのに協力してくれた。ストッキングとパンティもおろして取り去り、彼女が身に付けているのはパンプスだけになった。

深夜の東屋で、月のぼんやりした光が女体を照らしている。

彼女は意を決したように両手をおろして、女盛りの女体を自ら晒してくれた。形のいい乳房にくびれた腰、尻には適度に脂(あぶら)が乗っている。股間に茂る陰毛は、性欲の強さを物語るように濃密だった。

財前も立ちあがると、服を脱いでベンチに置いた。黒靴下に革靴だけを履いた滑稽(こっけい)な格好だ。しかし、すでに昂(たかぶ)っている二人には関係ない。奈々美の切迫した気持ちと、それに共鳴した財前の心が、ひとつになることを望んでいた。

東屋の角にある柱に、彼女の背中を寄りかからせる。左足をベンチの上に乗せて股間をひらかせると、正面から女体を抱き締めた。

「支配人さん……あンっ」

亀頭の先端が、陰唇に触れている。奈々美は期待感に腰を震わせて、新たな蜜をじんわり溢れさせた。

「では、失礼いたします」

財前は気持ちを落ち着けて囁くと、沈みこませた腰をゆっくり押しあげる。亀頭が二枚の肉唇を巻きこみながら、膣口にクチュッと埋まっていった。

「あああッ！　は、入っちゃう」

奈々美が喘ぎ声をあげて、首にしがみつく。自ら股間を突きだし、剛根を奥まで迎え入れようとする。膣口が竿を締めつけて、膣襞が亀頭に絡みついた。

「くうッ……ひとつになりましたよ」

「こんな格好で……立ったままなんて……はああっ」

立位での挿入は初めてなのかもしれない。奈々美は濡れた瞳で財前を見つめて、切なげな声で喘いでいた。

さらに腰を押し進めることで、いきり勃った分身が根元まで嵌りこむ。互いの股間がぴったりと密着して、一体感が高まった。

「ああンっ、支配人さんの大きいのが、奥まで……」

「奈々美さまのなか、とても気持ちがいいですよ」

細い腰をしっかり抱き、至近距離で見つめ合う。身体だけではなく、心までひとつに溶け合うような錯覚に襲われる。うねる媚肉に誘われて、財前は焦ることなくゆったりと腰を突きあげた。

「あっ……ああっ……」

啜り泣くような喘ぎ声が、冷たい空気を震わせる。カリで膣壁を擦りあげると、奈々美は困ったように首を振りたくった。

「ああンっ、こんなにゆっくり……」

「最初はじっくり動かしましょう。奈々美さまに、たくさん気持ちよくなっていただきたいのです」

思いきり突きまくりたい衝動を抑えこみ、スローペースの抽送を継続する。自分のことより、彼女に悦びを味わってもらいたい。そう思って、ゆったりと大きくペニスを抜き差しした。

「あンっ……ああっ」

乳房を揺らしながら奈々美が喘ぐ。唾液で濡れた双つの乳首が、月明かりを受けて妖(あや)しく光った。

東屋の周囲に視線を向けると、深い森がひろがっていた。

目の前の女体に視線を戻す。波打つ白い柔肌を見ていると、夢の世界に迷いこんだような気持ちになってくる。ペニスを甘く締めつけられる快感が、かろうじて意識を現実に繋ぎとめていた。

「いかがですか」

腰を動かしながら尋ねてみる。反応を見れば感じているのは明らかだが、彼女の口から言わせることに意味があった。

「こんなにやさしくされたの、初めてなんです……ああっ」

媚肉がうねって竿に絡みついてくる。財前のピストンに合わせて、奈々美は腰をしゃくりあげていた。

どうしようもない男たちの身勝手なセックスしか知らなかった彼女が、徐々に自分の快楽を求めはじめている。膣襞を蠢かせて、ペニスを奥へ奥へと引きずりこんでいく。亀頭の先端が子宮口に到達すると、顎がビクッと跳ねあがった。

「はンンっ！」

「すごく締まってきましたよ。感じてきたんですね」

腰の動きを少しだけ速めてみる。すると、媚肉がざわめいて、愛蜜の分泌量が倍増した。

「あっ……ああっ……そんな、ああっ」

「濡れてますね、これがいいんですか?」

片手で腰を抱き、一定の速度で男根を出し入れする。もう片方の手は乳房に伸ばして、柔肉を揉みしだいた。

「はンンっ、支配人さんの手つき、いやらしいです」

「お気に召しませんか?」

ピストンを緩めて、乳房から手を離そうとする。途端に奈々美が首を左右に振りたくった。

「や、やめないでください」

「おや、つづけてもよろしいのですか?」

「もっと……してほしいです」

確実に性感を蕩かせて、さらなる快楽を求めている。女の悦びに目覚めはじめているのだろう。もっと気持ちいいことを、セックスとはもっと感じることを、幸薄い彼女に教えてあげたかった。

「もう少し速くしますよ」

「は、はい……あああっ」

奈々美の喘ぎ声が大きくなる。抽送速度をあげたことで、女壺の締まり具合もさらによくなっていた。

「ううッ、こ、これは……」

額に汗を浮かべて、思わず喉の奥で唸った。

欲望で膨れあがった陰茎を、濡れそぼった媚肉で締めつけられている。繊細に蠢く膣襞の感触がたまらない。カリの裏側にまで入りこみ、膣奥に引きずりこみながら絞りあげられた。

「おおおッ、すごいですよ」

「嬉しい……わたしで感じてください」

男が感じることで、彼女自身も高まるらしい。腰のうねりが大きくなり、絶頂が近づいているのが伝わってきた。

「奈々美さまも、もっと感じていいのですよ」

「わたし、とっても……あああっ、とってもいいですっ」

感じていることを、はっきり口にする。そうやって素直になることで、より快楽を受け入れやすくなるはずだ。今までは男のために奉仕してきたが、自分も気持ちよくなっていいことを知ってほしかった。

「そうです、好きなだけ感じてください」

語りかけながら、財前は遠慮することなく腰を突きあげた。力強いピストンを繰り出して、男根をグイグイ抉りこませる。カリで膣壁を擦りまくり、亀頭を子宮口にぶつけていった。

「あううッ、い、いいっ、気持ちいいっ」

奈々美も気持ちを解き放ったように喘ぎまくる。腰を思いきりしゃくりあげて、乳房を波打たせた。

「ああッ、ああッ、こんな、こんなのって」

「いいんですよ、奈々美さまも気持ちよくなっていいんです」

「はあああッ、いいっ、すごくいいですっ」

「おおおッ、し、締まるっ、おおおおッ」

相手の興奮が伝わり、二人して同時に高まっていく。結合部から聞こえる湿った音が、深夜の森に吸いこまれる。互いに腰を振り合うことで、遠くに見えていたアクメの大波が急激に押し寄せてきた。

「も、もうっ、あああッ、もうイッてしまいますっ」

「好きなときにイッてください……わ、わたしも、ぬうううッ」

懸命に奥歯を食い縛り、全力で腰を突きあげる。剛根を連続して叩きこみ、奈々美の奥を抉りまくった。

「い、いいっ、もうダメっ、はあああッ、イッ、イクッ、イクイクううッ！」

ついに奈々美が絶叫を響かせて、女の悦びを享受する。立位で大きく全身を仰け反らせ、腰をブルブルと震わせた。

「おおおおッ、わたしも、で、出るっ、ぬおおおおおおッ！」

彼女の絶頂を見届けると、財前も最深部でペニスを脈動させる。大量の白濁液を勢いよく放出して、野太い雄叫び（おたけび）を轟かせた。

昇り詰めたあとも、執拗に腰を振りつづける。愛蜜とザーメンが混ざり合い、股間はドロドロになっていた。

「ああっ、すごいです……こんなによかったの初めて……」

奈々美の瞳には涙が浮かんでいる。股間を押しつけて、もう離したくないとばかりに男根をしっかり咥えこみ、快感の余韻に浸っていた。

「やさしく、いたわってくださるだけでも、こんなに感じることができるのですね」

「はい……それをお伝えしたかったのです」

「もし、心から愛し合う者同士だったら……」

彼女の声は、ひどく淋しそうだった。

これまで関係を持った男たちは、誰ひとりとして彼女のことを本気で愛してなどいない。その事実を思い知り、ショックを受けているのだろう。

「でも……ようやく、女の悦びを知ることができました……本当にありがとうございました」

震える声で礼を言われて、胸にこみあげてくるものがあった。

財前は心のなかで彼女の幸せを祈りながら、ペニスが力を失って抜け落ちるまで腰を振りつづけた。

4

翌朝、財前は明日香とフロントに立ち、チェックアウトするお客さまの応対をしていた。

杉崎は客室とロビーを何度も往復して、荷物を黙々と運んでいる。田所は厨房で朝食の後片付けと、ディナーの仕込みに追われているはずだ。宿泊客も含めたすべての人が、慌ただしく動いている時間だった。

財前は昨夜、遅くまで起きていたため寝不足だが、この忙しさが眠気を吹き飛ばしていた。経験上、つらくなるのは昼食を摂った後だろう。とにかく、今はミスすることなく、お客さまをお見送りしなければならなかった。

「ありがとうございました」

隣に立っている明日香が、元気な声で受け答えしていた。

「またのお越しをお待ちしております」

笑顔も完璧だった。もう基本的なことはマスターしている。彼女がてきぱき仕事をしてくれるので、ずいぶん助かっていた。

　チェックアウトの十一時を過ぎて、いったん宿泊客の波が途切れた直後、廊下の向こうから、苛立（いらだ）った様子の男性の声が聞こえてきた。

「朝っぱらから、なに言ってんだよ」

　菅谷の声だった。

　すぐに姿が見えてくる。黒い革ジャンの肩を威嚇（いかく）するように揺らし、隣を歩いている奈々美に怒鳴り散らしていた。

「朝になった途端に叩き起こされて、たまったもんじゃないぜ。昨日はしばらくここに泊まるって言ってただろうが」

　鋭い目つきで、奈々美の顔をにらみつける。昨夜の脳天気な感じとは打って変わり、ずいぶん荒れていた。おそらく、これが菅谷の本性なのだろう。明るく振る舞っていたのは、女に金を出させるためだったに違いない。

「予定が変わりました。わたしといっしょに来てください」

　奈々美も昨日とは雰囲気が変わっていた。

　憑（つ）きものが落ちたような清々しい表情をしている。おどおどしていた感じが消えて、大声にも怯えることなく、どこか毅然とした態度だった。

「俺と別れるんだろ？　だったら、いっしょに行きたくないね」

菅谷は不機嫌そうに吐き捨てると、そっぽを向いた。

どうやら、奈々美が別れ話を切り出したらしい。ようやく目が覚めたのだろう。菅谷のような男に貢いできたことを、後悔しているに違いない。人生やり直すことはできる。見切りをつけて、自首するのが賢い選択だった。

「支配人さん、タクシーを呼んでいただけますか？」

フロントに歩み寄ってきた奈々美が、まっすぐ見つめて声をかけてくる。瞳の奥に決意が感じられた。

「かしこまりました。少々お待ちください」

財前は丁重に頭をさげると、すぐに受話器を手に取った。タクシー会社に連絡をして、急ぎで一台手配した。

「どうせ本気で別れるつもりなんてないんだろ？　俺と別れられるわけないよな。おまえなんて、誰にも相手にされないんだからよ」

つくづく最低の男だ。

隣の明日香が前のめりになってカウンターに身を乗りだしたので、財前は慌てて肘で彼女の腕を小突いた。

「お客さまのプライバシーに踏みこんではいけません」

小声で注意するが、昨夜は思いきり奈々美の個人的事情に踏みこんでしまった。もちろん、ホテルのみんなには秘密だ。支配人にあるまじき行動を知られたら、示しがつかなくなってしまう。

明日香は不服そうにしながらも、すぐに姿勢を正した。

ホテルマンとしてどうするべきかは理解しているが、感情が先走ってしまうことがある。業務上は困るのだが、そんな明日香のことを財前は密かに好ましく思っていた。

「信じたわたしが馬鹿でした」

奈々美が振り向き様に言い放つ。吐き捨てるような言い方だった。虚を突かれた菅谷は、ぽかんと口を開けていた。

「あなたほど最低な人に会ったことないわ」

彼女の声は氷のように冷たく平坦だった。男に別れを突きつけるには、これほど完璧なトーンはないだろう。ところが、言葉の奥には怒りと悲しみ、それに淋しさが複雑に入り混じっていた。

「こ、この野郎っ！」

一拍置いて、菅谷の怒声が響き渡る。顔を真っ赤にすると、いきなり拳を頭上に振りあげた。

「お客さまっ」

財前は素早くカウンターの脇からロビーに飛び出し、菅谷の腕を掴んだ。

「女性に暴力を振るうのは感心いたしませんね」

腕力に自信はないが、黙って見ているわけにはいかない。たとえお客さま同士の諍いでも、ホテル内で起こっていることなら支配人として責任がある。止めに入るのは当然のことだった。

「なんだおまえは？」

菅谷はもう片方の手で財前の胸ぐらを掴み、ぐっと顔を近づけてくる。今にも殴られそうな雰囲気だ。

「関係ない奴はすっこんで――」

そのとき、菅谷が急に黙りこんで固まった。

財前も気づいていた。背後にただならぬ気配を感じている。そっと振り返ると、ベルマン兼ポーターの杉崎が鬼の形相で立っていた。仁王像と見紛うほどの大男が、獣のようにフゥッ、フゥッと息を荒らげている。にらみつける鋭い目には、殺気すら漂っていた。

「ひっ……ひいっ」

菅谷は情けない声をあげて、よたよたと後方に倒れこむ。腰が抜けたらしく、尻餅をついた状態で血の気の引いた唇を震わせていた。

「な……な……」

よほど恐ろしかったのか、菅谷はまともな言葉をしゃべれなくなっている。これが口先だけのチンピラとは異なる本物の迫力だった。

「杉崎さん」

財前が手で制すると、杉崎はすっとさがる。それでも、怒りのオーラが全身から滲み出ていた。

やがてタクシーが到着して、菅谷は奈々美にうながされるまま大人しく後部座席に乗りこんだ。一刻も早く杉崎の前から去りたかったのだろう。

奈々美はなにも言わなかったが、正面玄関で振り返り、深々と頭をさげてから出ていった。

「ありがとうございました。またのお越しをお待ちしております」

タクシーで走り去る彼女が、微かに笑ったような気がした。きっと立ち直ってくれる。財前はそう信じていた。

「さて、杉崎さん」

フロントの前で直立不動の視線を取っている杉崎に語りかける。助けられたとはいえ、注意しないわけにはいかなかった。

「仮にもお客さまなのですから、にらんだりしては失礼ですよ」

「すみませんでした」

杉崎はすでに穏やかな表情に戻っており、申し訳なさそうに頭をさげた。

「あなたが短慮を起こして警察のやっかいになることがあれば、わたしを全面的に信頼して、あなたを預けた久松（ひさまつ）のオヤジさんに申し訳が立ちません」

「はい……」

杉崎が大きな背中を丸めてうな垂れていく。その様子を、明日香が目を丸くして見つめていた。

「ですが、本心を言えば後ろでにらみを利かせてくれたおかげで助かりました。なにしろ、わたしは腕っ節にあまり自信がありませんので」

助けられたのは間違いない。財前ひとりでは、菅谷をとめることはできなかっただろう。

杉崎はもう一度頭をさげると、田所を手伝うため厨房に向かった。彼の大きな背中を見つめて、ふと昔のことを思いだした。

彼の背中一面には、龍の毒々しい彫り物がある。その昔、杉崎はとある指定暴力団の構成員だった。

組長の久松から聞いた話では、若い頃はかなり荒れていたらしい。

母親が長年にわたってＤＶを受けていたことが原因だった。実の父親を殴り、傷害罪で刑務所に入ったこともあるという。とにかく、喧嘩がめっぽう強く、その腕を買われて組に入った。

　だが、久松の一存で、杉崎は組を抜けてここでカタギの生活を送っている。

『あいつは心がやさしすぎて、この業界に向いてないんだ』

　久松の言葉は今でも耳の奥に残っている。喧嘩っ早くても、根はやさしい男だと見抜いていた。そして、杉崎を財前に託したのだ。

　杉崎を立派なカタギにする。それが、久松のオヤジと交わした約束だった。

（みなさん、なにかを抱えて生きているのですね）

　財前自身も胸に癒えない傷を抱えている。嫌なことまで思いだしそうになり、眉間に微かな皺を寄せたときだった。

「支配人、杉崎さんのお父さんと知り合いなんですか？」

　明日香が猫のような瞳で見つめていた。

「はい？」

「さっき、オヤジさん、とか言ってたじゃないですか」

「ああ、そのことですか」

　内心まずいと思いながら見やると、彼女は興味津々といった感じで答えを待っている。財前はとっさに手をパンッと叩き、フロントに背を向けた。

「あれ、支配人？」

「そうだ、田所さんを手伝わないと。フロントをお願いしますよ」

「え？　ちょ、ちょっと、ええ？」

聞こえない振りをして、財前はこれ以上ない早足で厨房に向かった。

第五章　貴方を癒したい

1

翌日、最後のチェックアウトのお客さまを送り出すと、財前は予約客の名簿を確認するため、いったん事務室にさがった。

「お、一服かい？」

ソファに座って休憩していた田所が、財前の顔を見て軽く手をあげた。

「いえ、名簿を……おや？」

財前は何気なくテレビを見やって固まった。

ニュースが流れており、画面の下には、「横領」「ＯＬ」「自首」の文字が表示されている。女子アナウンサーが硬い表情で原稿を読みあげていた。

『長野県警は、業務上横領の疑いでＴ建設の経理課のＯＬ、野川奈々美容疑者三十三歳と、交際相手の菅谷祥二容疑者三十五歳を逮捕しました。菅谷容疑者の指示で、野川容疑者は売上金から約一千万円を着服していたと見られ――』

画面に二人の顔写真が表示される。昨日まで宿泊していた、奈々美と菅谷に間違いなかった。

(あの後、自首されたのですね)

財前は胸のうちでつぶやき、こみあげてくる複雑な思いを嚙み締めた。

月光の下で喘ぐ奈々美の顔が忘れられない。正直なところ、自分の判断が正しかったのか自信が持てずにいた。奈々美のことを思って選択したことでも、実際にどう感じるかは彼女にしかわからない。

あのまま偽り(いつわ)の愛を胸に、生涯を終えたほうがよかったと感じるかもしれない。

本当のところは当事者にしかわからないが、自殺を思いとどまって自首したのは事実だった。

「名前が違うけど、この二人、確かうちに泊まってたよな?」

田所が尋ねてくる。厨房にいることが多いシェフだが、ベテランだけあってお客さまの顔と名前を完璧に記憶していた。とくにあの二人は訳ありそうな飛びこみ客だったので、忘れるはずがなかった。

「どうやら偽名だったようですね」

平静を装って受け答えする。いくら田所でも昨夜のことは話せないので、財前もたった今、知ったように振る舞わなければならなかった。

「あんまり驚いてないな……」

田所がじっと顔を見つめてくる。

「偽名もそうだが、俺は横領のほうにびっくりしたけどな」

「ええ、驚きました」

今さらおおげさに反応するわけにもいかず、淡々とした口調でつぶやいた。

「いやいや、驚いてないだろう」

「感情が顔に出ないだけです」

無駄だと思っても、そう言い張るしかない。古い付き合いなので、ちょっとした心の揺れに気づくのかもしれなかった。

「まあ、いいや。俺はそろそろ、厨房に戻らないとな」

これ以上、尋ねても無駄だと思ったのだろう。田所はソファから立ちあがると、財前の肩をポンポンと意味ありげに叩いて厨房に向かった。

（田所さんは気づいているのでしょうか……）

ひとりになった財前は、思わず小さな溜め息を漏らした。

そして、ソファに腰をおろそうとしたときだった。ついさっき田所が出ていったドアが勢いよく開け放たれた。

「おっ……」

反射的に背筋が伸びる。てっきり田所が戻ってきたのかと思ったら、事務室に入ってきたのは息を切らした貴子だった。

「す、すみません、遅くなってしまって」

貴子は慌てた様子で頭をさげて謝罪した。こめかみに浮かんだ汗が、首筋に流れ落ちていく。よほど急いで、麓(ふもと)からあがってきたようだ。

白いシャツの上に紺色のカーディガンを羽織っている。膝まで隠れる丈の黒いスカートを穿き、左腕にはグレーのコートをかけていた。いつも落ち着いた装いだが、今日はとくに地味な色合いだった。

「本当に申し訳ございませんっ」

「そんなに慌てなくても大丈夫ですよ」

落ち着かせようと思って声をかけるが、彼女は遅刻したことを気にして何度も謝ってくる。

「これからは気をつけますので、どうかお許しください」

「小嶋さんにも事情がおありでしょう。それに、遅刻といっても、数分のことですから気にしないでください」

「言い訳するつもりはありません、すべてわたしの責任です」

「いえ、ですから……」

「次から気をつけます、ですから、どうかクビにだけは——」

「貴子さんっ」

思わず名前で呼んでいた。

彼女の動揺を抑えたい一心だったが、自分の言葉で財前自身が動揺してしまう。これまで、従業員を名前で呼んだことはない。それなのに、どうして「貴子さん」などと言ってしまったのか、自分でもわからなかった。

貴子もきょとんとした顔で見つめてくる。ぱったりと黙りこみ、財前の次の言葉を待っていた。

「だ……大丈夫です」

慎重に語りかける。少し声が震えたが、なんとか誤魔化すことはできただろう。

「クビになどなりません。安心してお仕事してください」

真面目な貴子がいなくなったら、困るのはこちらのほうだ。定時を数分過ぎているが、さほど大きな問題ではない。お客さまがチェックインするまでにベッドメイクが終わればいいだけの話だった。

「はい……」

貴子の返事は消え入りそうなほど小さい。顔が赤く染まっている。財前が名前を呼んだことで、ヘンに意識させてしまったのだろう。照れと困惑が入り混じったような表情が、とても魅力的に映った。

（それにしても……）

財前は彼女の顔をじっと見つめた。

東京育ちの割りには装いが常に地味だった。病弱な妹の世話が大変だったのかもしれないが、どこか不自然な気がする。目立ちたくなくて、意識的に地味な格好をしているように見えた。

とにかく、今日の貴子はとくに様子がおかしい。陰のある女性だが、いつにも増して表情が沈んでいた。

「なにかありましたか？」

黙っていられなかった。プライベートに踏みこむべきではないと思いつつ、つい尋ねてしまう。

「い、いえ、別になにも……」

答えながら貴子はすっと視線を逸らした。

もしかしたら、入院している妹の具合が悪いのだろうか。

妹を大切に思っている貴子を応援したくなるのは、財前にも年の離れた弟がいるせいかもしれない。もっとも、事情があって十年ほど会っていないが……。

　彼女が暗い顔をしていると、気になって仕方がない。お節介だとわかっているが、尋ねずにはいられなかった。

「妹さんになにかありましたか？」

「真由は順調に回復しています……あの、支配人」

　貴子は言葉を切ると、財前の顔をまじまじと見つめてきた。

　立ち入ったことを聞きすぎたのかもしれない。抗議されると思い、覚悟して背筋を伸ばした。

「いつも妹のことを気遣ってくださり、ありがとうございます」

　深々と頭をさげられて戸惑ってしまう。財前は内心身構えたまま、なにも答えることができなかった。

「あの……もし、わたしになにかあったら……」

「なにか、とおっしゃいますと？」

「あっ、いえ、すみません。なんでもありません……」

　やはり様子がおかしい。貴子は謎の言葉を残し、仕事に取りかかるため事務室を後にした。

　いったい、どうしたというのだろう。

財前は彼女が出ていったドアをぼんやり見つめたまま、しばらく動くことができなかった。

2

「支配人、大変です」

杉崎が珍しく焦った様子で、厨房に駆けこんできた。

「どうしたんです？　そんなに慌てて」

落ち着かせるため、意識して穏やかな声で語りかける。財前は昼食後、ディナーの仕込みを手伝っていた。田所の指示を受けて、ひたすら玉ねぎの皮を剥いているところだった。

「小嶋さんが倒れました」

「え……？」

すぐには意味がわからず立ち尽くした。一拍置いて、顔からサーッと血の気が引いていくのがわかった。

「なんですって？」

急に落ち着かなくなり、手にしていた玉ねぎを落としてしまう。慌てて拾いあげるが、立ちあがるときに頭をスチール製の作業台にぶつけて、ゴンッという鈍い音とともに痛みがひろがった。

「ううっ……」

「大丈夫ですか？」

杉崎が岩のような巨体を丸めて、顔を覗きこんできた。

「ええ、ちょっとぶつけただけです」

そう言いながらエプロンを外すが、足もとがよろめいてしまう。思ったよりダメージが大きかったらしい。体を支えようとして近くの棚に手を伸ばすと、そこに置いてあった鍋を床に落としてガラガラと派手な音が響き渡った。

「あっ！　田所さん、すみません」

余計な洗いものが増えてしまう。今度は慎重に拾いあげて流しに運んだ。

「俺が後で洗うから、放っておいていいよ」

田所も包丁を握る手をとめて、心配そうな視線を送ってきた。

「支配人、落ち着いてください」

先ほどとは逆になり、杉崎になだめられる始末だ。財前が大慌てしたことで、彼は冷静さを取り戻していた。

「わたしとしたことが、取り乱してしまいました。小嶋さんの状況を教えていただけますか」

「ベッドメイク中に客室で倒れたそうです。知らせを受けて、自分が事務室に運びました。今は宮沢さんがついています」

杉崎の言葉に頷き、財前は急いで事務室に向かった。

不安が胸のうちにひろがっていく。貴子は出勤してきたときも、ずいぶん元気がなかった。塞ぎこんだ表情は、脳裏にしっかり刻みこまれていた。

事務室のドアを開けると、ソファに横たわっている貴子の姿が目に入った。かたわらには明日香がしゃがみこんでおり、濡れタオルで額を冷やしていた。

「あ、支配人」

振り返った明日香の表情が、意外に明るかったことで少しだけほっとする。財前は平静を装って歩み寄り、貴子の容態を尋ねた。

「いかがですか？」

「少し落ち着いたところです」

明日香の瞳は潤んでいる。嫉妬深いところはあるが、基本的にやさしい性格だ。貴子のことを心配して、必死に看病していたのだろう。その気持ちがしっかり伝わってきた。

「ありがとうございます。宮沢さんがいてくれて助かりました」

労い(ねぎら)の言葉をかけると、彼女は静かに頷き目もとを指先で拭った。

「小嶋さんに温かい飲み物をお願いします」

「じゃ、紅茶を淹(い)れますね」

明日香は素早く動いて、紅茶の準備をはじめた。

財前はソファの前にしゃがみこみ、横になっている貴子の顔色を確認する。血の気が引いており、唇の色も白かった。

「どこか、つらいところはありますか？」

「お騒がせしてすみません……ちょっと目眩(めまい)がしただけですから」

貴子はそう言って起きあがろうとする。この状況でも、仕事をするつもりでいるらしい。

「いけません、まだ横になっていてください」

「でも……」

真面目で責任感の強い女性である。仕事を途中で放り出してしまったことが、気になっているのだろう。

「他の方たちがフォローしてくれますから、心配しなくても大丈夫ですよ」

「わたし、クビになるのでしょうか？」

貴子がぽつりとつぶやいた。職を失うことをひどく気にしている。なにか不安なことでもあるのだろうか。

「支配人がクビにするわけないじゃないですか」

紅茶の入ったマグカップを運んできた明日香が、にこやかに話しかけた。

「貴子さんがクビになるんだったら、わたしなんて何回クビになってるかわかりませんよ。はい、これ飲んで温まってください」

「本当にすみません、ありがとうございます」

貴子はゆっくり起きあがってソファに腰掛けると、涙ぐんで頭をさげる。礼を言われた明日香も、瞳をウルウル潤ませていた。

「後はよろしくお願いします」

涙を見られるのが恥ずかしかったのだろうか。明日香はそう言い残して、仕事に戻っていった。

「この後、一応、病院に行きましょう」

財前が声をかけると、貴子は「大丈夫です」とつぶやいた。

「ここのところ疲れやすかったので、妹のお見舞いに行ったとき、診(み)てもらったんです。過労なので少し休むようにと……」

仕事と妹の世話の両立が、負担になっていたのだろう。彼女の身体には、目に見えない疲労が蓄積していた。

「そんなに無理をなさると、身体を壊してしまいますよ」

「でも、無理をしないと、わたしたち姉妹は生きていけないんです」

意外なほど強い口調だった。

決して大きな声を出したわけではないが、穏やかな貴子の秘めたる激情を感じて驚かされた。

なにか釈然としない。今朝は、もし自分になにかあったらと言いかけていた。心配になるが、尋ねたところで答えてくれないだろう。大人しく見えても、貴子は自分の意思をしっかり持った女性だった。

「とにかく、家までお送りします」

「ひとりでも――」

「支配人として、ひとりでお帰りいただくわけにはいきません。あなたは仕事中に倒れたのですよ。わたしが責任を持って、お送りいたします」

有無を言わせぬ口調で告げると、貴子は申し訳なさそうに頭をさげた。

「では、車を呼びます。経費から出しますので、ご心配なさらずに」

すぐにタクシーを手配して、後のことは三人の従業員にお願いする。彼らが力を合わせれば、充分に対応できるだろう。

タクシーが到着すると、私服に着替えた貴子といっしょに乗りこみ、山の麓にある彼女のアパートに向かった。

車内で貴子は終始無言だった。財前もあえてなにも話しかけなかった。

「ここです」

貴子の声でタクシーが停車する。

目の前に建っているのは、木造モルタル二階建て、全八戸のアパートだ。かなり年季が入っており、くすんだグレーの壁がみすぼらしい。外階段は錆(さ)びており、手摺(てす)りなどは今にも取れてしまいそうだった。

(きっと、妹さんのために……)

ミミエデンの給料だけでも、もう少しいいところに住めるはずだ。妹の入院費を払うために、できるだけ出費を抑えたいのだろう。

「もう大丈夫です、助かりました」

貴子が礼を言ってタクシーから降りる。そのとき、ほんの一瞬だが彼女が躊躇したのを、財前は見逃さなかった。

不審に思って窓の外に視線を向けると、黒いスーツを着た男が二人、アパートの前に立っていた。一見してビジネスマン風だ。ところが、目つきは異様に鋭かった。

周囲には一般の住宅がぽつぽつあるだけだ。誰かを待ち構えているようなスーツ姿の男たちは、あまりにも場違いだった。

「お待ちください」

料金を支払うと、財前も急いでタクシーから降りた。

「支配人、どうして？」

「彼らは危険な匂いがします。わたしから離れないでください」

小声で言った側から、男たちが真っ直ぐ歩み寄ってくる。すでにタクシーは走り去っており、具合の悪い貴子を連れて逃げるのはむずかしかった。

「小嶋貴子さんですね」

目の前まで迫ってきた男のひとりが問いかけてくる。貴子は怯えた様子で、こっくりと頷いた。

「我々といっしょに来てください」

物静かな口調だが、なぜか強制的な物言いだ。いったい何者なのかわからないが、いい感じはしなかった。

「小嶋さんのお知り合いですか？」

財前は隣に立っている貴子に問いかけた。

ところが、彼女は青ざめた顔を左右に振るだけで、いっさい言葉を発しない。恐怖のためか、頬が可哀相なほど引きつっていた。

あたりを見まわすと、黒塗りのベンツが停まっているのが目に入った。やはり黒いスーツを着た男が運転席に座っており、こちらの様子をじっと観察している。彼らの仲間に間違いなかった。

(品川ナンバー……妙ですね)

ベンツのナンバープレートを確認した財前は、胸騒ぎを覚えた。

東京からわざわざ訪ねてくるとは、よほどのことだ。とにかく、彼女を渡すべきではない。行かせてしまったら、二度と会えなくなる気がした。

「社長がお待ちになっています」

男が威圧的に迫ってくる。すると、貴子は肩をすくめて財前の背後に隠れた。ジャケットの背中を両手で摑んで震えている。今、この状況で彼女を助けることができるのは、財前しかいなかった。

「どうやら、小嶋さんは行きたくないようですね」

財前が抑揚のない声で告げると、二人の男がギロリと視線を向けてきた。

サラリーマン風の男たちだが、筋肉質でがっしりしている。もしかしたら、ボディガードのような存在かもしれない。万が一、腕ずくになった場合、財前ひとりでは到底太刀打ちできないだろう。

「あなた方は、どちらさまでしょうか?」

一歩も引かずに問いかける。腕力では敵わないが、なんとしてもこのか弱い女性を守りたい。

男たちは質問に答えることなく、さらに一歩近づいてきた。

「わたしは、彼女が働いているホテルの支配人です」

財前は背後の山の上をチラリと目で示す。そこには、ミミエデンの屋根が小さく見えていた。

「彼女は勤務中に具合が悪くなりまして、わたしが責任を持ってご自宅までお送りしているところです。遠方へのドライブに耐えられる健康状態ではありません。彼女をどこかに連れていくおつもりなのですよね？」

「あなたに用はない。小嶋さんを渡してください」

男のひとりがそう答え、まったく取り合う様子がない。しかし、それも計算のうちに入っている。財前はさりげなく背後に手をまわして貴子を庇った。

「本来、彼女はまだ勤務時間中です。身体を休めるために早退を認めました。それなのに、どこかへ出かけるとなると早退理由が違ってきます。体調不良は、虚偽の申し立てということになりますね」

「こちらの知ったことではない」

「このまま小嶋さんが行方をくらませば、明日からのシフトを無断欠勤することになります。雇い主の立場として、放っておくわけにはいきません。最小限の人数でまわしているので、損害は大きいです」

男たちから目を逸らすことなく、あくまでも冷静に言葉を紡ぐ。はったりだろうがなんだろうが、一瞬でも怯んだ素振りを見せたほうが負けだ。幸いなことに、彼らは力ずくで強奪する気はないようだった。

「だから、そんなことは知らないと言ってるだろう」

「彼女が業務の妨げになる行動を取った場合、迷わず罰則を科します。警察に被害届を出して、損害賠償を請求することになるでしょう」

財前は背筋を伸ばして、男たちの顔を交互に見つめた。

面倒なことになったと思っているのだろう。しかも、「警察」と聞いて、明らかに勢いが衰えた。

「彼女は体調が悪いのです。今日のところは、どうかお引き取り願えませんか」

財前はあくまでも丁寧に、そして力強い口調で彼らに対応した。

「小嶋さん、よく考えておいてください」

男たちは顔を見合わせると、そう言い残し、意外に大人しくベンツに戻っていった。

誰かに雇われているだけだろう。貴子を連れてくるように命じられているが、騒ぎは起こすなと言われている。つまり、相手は世間体を気にするだけの、社会的に地位のある人物かもしれない。少なくとも裏社会の人間ではないだろう。

(それなら、なんとか対処できるかもしれませんね)

財前はベンツが走り去るのを見届けると、背後の貴子に視線を向けた。

「もう大丈夫ですよ」

よほど恐れていたのだろう。まだジャケットを摑んだまま、顔をうつむかせて震えている。財前は胸を締めつけられて、庇護(ひご)欲を掻きたてられた。こんな気持ちになったのは、四十六年の人生で初めてのことだった。

「小嶋さん、もう彼らは帰りました。安心してください」

可能な限りやさしく声をかけた。

貴子は心に壁を作り、なるべく人とかかわろうとしなかった。ずっと暗い表情をしていたのも気になっていた。そして、自分の身になにか起こることを察していたような今朝の言動……。

先ほどの男たちと、すべてが関係している気がする。なんとかして、彼女を縛りつけているものから解放してあげたい。

「なにか事情があるのですね」

財前が語りかけると、貴子がそっと顔をあげた。

「部屋で……お話しします」

ひどく怯えた瞳をしている。いずれにせよ、今、ひとりきりにすることはできなかった。

錆びた外階段をあがって、通路の一番奥が彼女の部屋だ。表札には「二〇八号」と書いてあるだけで、名前は入っていなかった。

「なかなか掃除をする時間がなくて……どうぞ」

貴子は遠慮がちにそう言ったが、部屋のなかは几帳面に片付けられていた。

間取りは1DK。入ってすぐ小さなダイニングキッチンがあり、奥に八畳ほどの和室がある。カラーボックスが二つと卓袱台(ちゃぶだい)、それに小さなテレビがあるだけで、無駄なものはいっさいなかった。

「綺麗にされているのですね」

「なにもないだけです。お恥ずかしい……座布団もないんです、すみません」

貴子は申し訳なさそうにつぶやいた。人付き合いを避けているようなので、誰かが訪ねてくることもないのだろう。

「問題ございません。お気になさらないでください」

財前は卓袱台の前に腰をおろした。

畳は日焼けしてささくれ立っている。元は白かったであろう壁紙も、くすんだ色になっていた。お世辞にも綺麗なアパートとは言えないが、埃はなく整理整頓が行き届いている。入院している妹がいつ帰ってきてもいいように、きっと日頃から準備をしているのだろう。

「今、お茶を淹れますね」

コートを脱いだ貴子が頬を染めて、キッチンへと向かう。そんな彼女の姿が、ひどく好ましく感じられた。

やかんを火にかけて、茶の用意をしている間、彼女はずっと無言だった。

先ほどの男たちのことを、どうやって説明しようか、あるいはどうやって誤魔化そうか、お湯が沸くのを待ちながら考えているのかもしれない。

だから、財前はあえて話しかけなかった。

卓袱台に湯飲みがふたつ置かれたとき、彼女の心は決まっていた。意を決したように、表情に迷いがなかった。

「支配人にお話ししていなかったことがあります」

向かい側に正座をすると、貴子は静かに口を開いた。

気持ちを落ち着けるように小さく息を吐きだした彼女から、ただならぬ雰囲気が伝わってくる。

財前は無言で頷き、湯飲みを手に取った。渋みの強い緑茶が、これから語られる話の過酷さを象徴しているようだった。

「わたし、東京で愛人をしていたんです」

衝撃的な内容を告げる貴子の声は、思いのほかしっかりしていた。

すべてを打ち明けるつもりなのだろう。感情を押し殺した声で、つらい過去を語りはじめた。

高校生のとき、両親を事故で一度に亡くして、貴子と生まれつき病弱な妹だけが残された。成績優秀だった貴子は進学して勉強したいと思っていたが、七つ違いの妹、真由を養うために水商売の道に入った。

そして、クラブのホステスとして働いていたとき、たまたま店を訪れた大手製菓会社『ハマザキ製菓』の社長である浜崎大造（はまざきだいぞう）に見初（みそ）められた。浜崎はひと目で貴子のことを気に入り、その場で愛人にならないかと持ちかけてきたという。

当時、貴子は二十一歳で、浜崎は五十二歳。三十以上も年が離れているうえ、でっぷりと太って脂ぎった男だ。頭頂部が禿（は）げあがっており、いかにも精力が強そうなところが、生理的に受けつけなかった。

それでも、貴子は愛人になることを決意した。

「妹を育てるためでした」

打ち明ける声は苦しげだった。

ホステスを辞めて、浜崎から月々の手当をもらう見返りに、呼びだされれば二十四時間いつでもすぐに向かわなければならない。収入はホステス時代よりも遥かに多くなり、妹と過ごす時間も増えたが、精神的な負担は大きかったという。

「でも、そうするしかなかったんです」

彼女の告白に、財前はなにも言葉を返せなかった。

そうせざるを得なかった心情を思うと、かける言葉が見つからない。物静かな彼女の、壮絶なまでの決意が痛々しいほど伝わってきた。

真由は体力がなく、大人になっても入退院を繰り返す生活だった。それでも、少しずつ回復の兆（きざ）しを見せていた矢先、自宅で具合が悪くなって緊急搬送された。診断結果は白血病。それを聞いたとき、目の前が真っ暗になったという。

命にかかわる重い病（やまい）だ。しかも、治療にはこれまで以上にお金がかかる。貴子が頼れるのは浜崎しかいなかった。

「どんなことをしても、あの子を助けたかった」

貴子の言葉には実感がこもっていた。命のやり取りの現場に直面して、押し潰されそうな重圧に耐えてきた者の言葉だ。

真由は入院して抗がん剤治療を受けながら、骨髄移植のドナーが見つかるのを待つことになった。

毎日、貴子は病院に通い、弱音を吐く妹を励ましつづけた。

なんとしても助けたい。できることなら代わってあげたかった。抗がん剤の副作用で日に日に弱っていく真由を見ていると、このまま死んでしまうのではないかと不安に襲われた。

こんなときでも、浜崎から呼びだしを受ければ向かわなければならない。事情を話して、月々の手当の他に真由の治療費を出してもらっている。拒否することはできなかった。

「あの子が苦しんでいる間も、わたしはあの男に抱かれていたんです」

貴子はそう打ち明けると、涙をこらえるように瞼を閉じた。

数か月後、ドナーが見つかった。骨髄移植の手術が無事成功すると、貴子は浜崎に別れを告げた。これ以上、愛人生活には耐えられない。お金はなくても、妹と仲良く暮らしていければそれでよかった。

真由を空気が綺麗な信州の病院に転院させて、自分はアパートで暮らしながらミミエデンでパートをはじめた。

「真由も薄々気づいていると思います。わたしが愛人をやっていたこと。でも、お姉ちゃん、いつもありがとう、って……」

そう言った直後、貴子の瞳から大粒の涙が溢れだす。口もとを手で覆い、こらえきれない嗚咽を漏らした。

「小嶋さんが妹さんを思う気持ちは、しっかり伝わっていますよ」

苦しんでいる彼女を放っておけない。財前は慎重に言葉を選んで語りかけた。これまで歩んできた道のりは、決して間違いではないと伝えたかった。

「きっと、わたしのこと、軽蔑しています。だから、わたしがいなくなっても……」

「先ほどの男たちは、浜崎の関係者ですね」

財前が問いかけると、貴子はこっくり頷いた。

「昨日、携帯に不審な電話がかかってきたんです。いくら呼びかけても答えずに、急に切れてしまって……」

すぐに浜崎を疑ったという。

それというのも、別れ話を切り出したとき、ずいぶんごねられたらしい。執着されているとわかり、余計に嫌悪感が大きくなった。結局、浜崎には行き先を告げることなく、黙って東京を離れた。

昨日の電話で、居場所がばれたのだと思った。しかし、入院療養中の妹を連れて逃げることは不可能だ。もちろん、置いていくこともできなかった。

執念深い浜崎のことだから、多少強引な手を使ってでも東京に連れ戻そうとするだろう。妹のことが心配でならない。それに、またあの男に抱かれる地獄のような日々がはじまるのかと思うと、絶対に耐えられないと思った。

「あと少しで全快なんです。せめて真由が退院するまでは……」

ひとつひとつの言葉に、妹を想う気持ちが滲んでいる。貴子は両手で顔を覆うと、ついにわっと泣きだした。

3

「大丈夫です、わたしにおまかせください」

財前は立ちあがって、卓袱台をまわりこんだ。彼女の隣で片膝をつき、肩にそっと手をまわす。頭で考えるより先に、勝手に体が動いていた。

「……え？」

貴子が驚いたように顔をあげる。頬には涙の筋がついており、蛍光灯の明かりを反射していた。

「し、失礼いたしました」

思いがけず大胆な行動をとってしまった。慌てて謝罪するが、肩に置いた手は離さない。それどころか、カーディガンの上から彼女の肩に指を食いこませて、さらに強く抱き寄せていた。

「あっ……」

貴子がすっと頭を預けてくる。ワイシャツの胸板に彼女の頬が軽く触れただけで、なぜか気持ちが高揚した。

（こ、これは……）

初めての感覚だった。

心の底から愛しさがこみあげてくる。むろん、これまでの人生で女性を好きになったことはあるが、過去の恋愛とは異なる熱い想いが胸の奥にひろがっていた。

「し、支配人？」

「不安だったのですね。具合が悪くなって倒れるのも当然のことです」

震えそうになる声をやっとのことで抑えこむ。平静を装っているが、財前は自分の行動に激しく戸惑っていた。

貴子に惹かれていたのは事実だ。

遡（さかのぼ）れば、六か月前の面接のときから気になっていた。ベッドメイクしている彼女を見かけるたび、落ち着かなくなった。どこか儚（はかな）げな表情が、ずっと心に引っかかっていた。

「前職の関係で、東京に多少人脈があります。お力添えできるはずです」

浜崎が社長を務めるハマザキ製菓は確かに大手だが、まったく手が出せないわけではないだろう。

「ありがとうございます……でも、そのお言葉だけでも……」

貴子は泣いていた。

心に壁を作り、誰も寄せ付けなかった貴子が涙を流している。愛人だった過去を後ろめたく思っていたのだろう。だから、誰とも仲良くできなかった。心を許せる相手は妹しかいない。そんな彼女の力になりたかった。

「小嶋さん……いえ、貴子さん、あなたをお守りしたい」

財前も涙腺が緩みそうになり、奥歯をぐっと嚙み締めた。

両手で女体をしっかり抱き締める。ひとりのパートさんに肩入れするのは、支配人失格だった。頭の片隅には、まずいことをしているという自覚もある。貴子は仕事をクビになると困るので、抵抗しないだけかもしれない。それでも、彼女を離したくなかった。

「わたしは、あなたを守りたいんです」

心の奥底から湧きあがってくる気持ちを、なんとかして伝えたい。この熱い情熱を理解してもらいたかった。

「支配人……さん」

腕のなかでじっとしていた貴子が、静かに口を開いた。

「嬉しいです……そう言っていただけるだけで」

「本気です、本気でわたしは……」

「いつも、気を遣っていただいて……わたしも、支配人さんのこと……」

貴子はそう言ったきり黙りこんだ。

過去のことが負い目になっているのか、それとも財前を巻きこんではいけないと思っているのか。彼女の気持ちが今ひとつわからない。仕事中の決断は早いが、色恋沙汰には慣れていなかった。

「胸が、ドキドキしています」

「はい？」

言葉に釣られて胸もとを見おろしてしまう。すると、彼女の右耳が、ちょうど財前の左胸に押し当てられていた。

「支配人さんの胸、破裂しそうです」

貴子がはにかみながら見あげてくる。いつも心を閉ざしていたので、こんな表情を見るのは初めてだった。

ずいぶん顔色がよくなっていた。自分の部屋に帰ってきたことで安心したのか、秘密を打ち明けたことですっきりしたのか。いずれにせよ、元気を取り戻してくれて少しほっとした。

「わたしも……ドキドキしています」

「た、貴子さん」

　これは誘っているのだろうか。

　財前は迷いながらも、右手を彼女の胸もとに伸ばしていった。そして、カーディガンに覆われた左の乳房にそっと触れてみた。

　ふんわりと柔らかい感触に、財前の心臓はさらに早鐘を打つ。ところが、彼女の鼓動は今ひとつ伝わってこない。たっぷりとした乳肉が邪魔をしているのだろう。思わず首をかしげると、貴子が恥ずかしそうに語りかけてきた。

「もっと強く触らないと、わからないですよ」

　手のひらを財前の手の甲に重ねて、乳房に強く押しつけてくる。すると、確かに速くなった鼓動が伝わってきた。

「ほ、本当ですね」

　口ではそう言うが、乳房の柔らかさが気になってしまう。つい指を曲げて、布地の上からそっとめりこませた。

「ンっ……」

　貴子が小さな声を漏らして、微かに身をよじる。その姿を目にした瞬間、腹の底から熱い衝動が勢いよくこみあげてきた。単なる欲情ではない、煮えたぎるような激情だった。

「貴子さん！」

「きゃっ」

女体を畳の上に押し倒し、いきなり唇を重ねていく。貴子は一瞬、身体を硬くしたが、すぐに力を抜いて受け入れてくれた。

「ンふっ……はむンっ」

舌を伸ばせば、唇をそっと半開きにする。財前はすかさず舌を侵入させて、口内を舐めまわした。

(甘い、なんて甘いんだ)

想いが強いせいだろうか。彼女の唾液がとても甘く感じる。舌を絡めて唾液を吸りあげると、うっとりする味が口内にひろがった。反対に唾液を口移しすれば、貴子は喉を鳴らしながら嚥下してくれた。

「はあっ、支配人さん」

唇を離すと、彼女は熱い眼差しを送ってくる。こうして、ただ視線を重ねているだけでも、気分がどんどん高まった。

「た、貴子さん、わたしは、もう……」

カーディガンとシャツのボタンを慌ただしく外して、前をはだけさせる。白いブラジャーが露出すると、すぐさま上にずりあげた。

「あンっ、いや」

彼女の恥ずかしげな声とともに、たっぷりとした乳房がまろび出る。双つの柔肉がプルルンッと波打ち、先端ではさくらんぼを思わせる乳首が尖り勃っていた。

「おおっ……」

物静かな貴子が、乳首を硬くしている。職場では真面目な彼女だが、成熟した三十五歳の女だった。舌を絡めたことで興奮したのか、服の上から乳房に触れられて昂ったのか。いずれにせよ、さらなる刺激を期待しているのは間違いなかった。

もうここまで来て遠慮するつもりはない。双つの膨らみに両手をあてがって揉みあげると、指がズブズブ沈みこんだ。

「そんな、いきなり……」

「貴子さん……貴子さんっ」

彼女の声を聞き流し、夢中になって乳房を揉みしだく。普段は冷静沈着な財前だが、自分をとめることができない。触れれば触れるほど、彼女のことをすべて知りたい欲求が高まった。

蕩けそうなほど柔らかい乳房を揉みまくり、先端で揺れる乳首を摘みあげる。こよりを作るように転がせば、女体がビクッ、ビクッ、と反応した。

「ああっ、そ、そこは……」

「硬くなってますよ」

声をかけるなり、乳房に顔を埋めていく。双乳を揉みあげながら、先端にむしゃぶりついて勃起した乳首を吸いたてた。

「あっ、ダ、ダメです、ああっ」

貴子は戸惑った声を漏らすが、本気で嫌がっているわけではない。その証拠に、両手はしっかり財前の頭を抱きかかえていた。

「うむっ、うむむっ」

低く唸りながら、双つの乳首を交互に舐めまわす。乳頭はますます尖り勃ち、唾液でヌラヌラと光っていた。

「し、支配人さんが、こんなこと……」

「もうとめられないんです」

舌で舐めまわしては、赤子のように乳輪ごと吸いまくる。そうしながら、両手では乳房をこってり揉みあげていた。

「そんなにされたら……ああっ」

徐々に貴子の喘ぎ声が大きくなる。両手の指を財前の髪に差し入れて、狂おしく掻き抱いてきた。

「も、もう……あああっ」

「貴子さんっ」

財前は彼女の首筋にキスの雨を降らせながら、右手を下半身に滑らせる。スカートをたくしあげると、ストッキングの上から太腿を撫でまわした。

「あっ……ダメ……ああっ」

手を徐々に股間へと近づける。化学繊維の滑らかさと、太腿のむっちりした感触が心地いい。ついに恥丘に手のひらを重ねて、閉じられた内腿の間に指を無理やりねじこんだ。

「ま、待ってください、シャワーを……」

貴子が慌てた声をあげる。身体を清めていないことが気になるらしい。そんなところが、ますます財前を興奮させた。

「貴子さん、あなたが欲しいんです」

もはやシャワーを待っている余裕などなかった。

スカートを完全にまくりあげると、ストッキングとパンティをいっしょに引きおろす。陰毛がナチュラルな感じで生え揃った恥丘が露わになり、彼女は慌てて両手で覆い隠した。

すでに露わになっている乳房が、自分の腕で寄せられる。恥じらうことで、なおのこと男を誘うポーズになっていた。スカートをまくりあげており、内股になって手で股間を隠している姿はひどく扇情的に映った。

「もう我慢できません」

財前はスラックスとボクサーブリーフを脱ぎ捨てると、いきり勃ったペニスを剝きだしにした。すでに大量の我慢汁が溢れており、亀頭はぐっしょり濡れている。早くひとつになりたくて仕方なかった。

彼女の膝をこじ開けると、強引に腰を割りこませる。覆い被さりながら、亀頭の先端を股間に押しつけた。

「ああっ……」

貴子が戸惑いの声を漏らすと同時に、クチュッという湿った音も聞こえてくる。財前の愛撫を受けて、女体は確実に潤っていた。

「あ、あの、ずっとしてないから……」

不安そうな声だった。ここに転居してから、仕事と病院に行くだけの地道な生活を送ってきた。男性とはまったく交流がなかったのだろう。

「ゆっくり挿れるから大丈夫です」

語りかけながら腰を押しつけていく。亀頭が陰唇を押し開き、膣内に侵入を開始する。愛蜜をたっぷり湛えているので滑りは抜群だ。ゆっくりと言っておきながら、我慢できず一気に根元まで挿入した。

「くおおおッ！」

「はあああッ！　ダ、ダメですっ」

貴子の唇から、悲鳴にも似た喘ぎ声が迸る。蜜壺全体が驚いたようにキュウッと収縮して、ペニスを思いきり締めつけてきた。

「ぬううッ、こ、これは……」

鮮烈な快感が突き抜ける。財前は思わず唸り、いきなり押し寄せてきた射精感の波を耐え忍んだ。

生温かい媚肉の感触が、彼女とひとつになったことを実感させてくれる。最近、女性を抱く機会が多かったが、それは支配人としての義務からのものだった。

今、財前は支配人としてではなく、自分の意思で貴子を抱いていた。心が欲するまま、愛しい女性と繋がっている。義務感から解放されて、欲望に素直になることの悦びを噛み締めていた。

「ゆっくりって言ったのに……」

貴子が恨めしそうな瞳を向けてくる。しかし、両手は財前の腰にまわして、媚肉を物欲しげにヒクつかせていた。熟れた女体は、逞しい男を求めている。久しぶりだから怖かっただけで、身体は貫かれることを望んでいた。

「おおッ、気持ちいいです」

財前はすぐさま腰を振りはじめる。媚肉の締めつけがたまらず、動かさずにはいられなかった。

「あっ、ま、待って……ああっ」

いきなりの抽送に困惑しながら、それでも貴子は感じている。細い腰をくねらせて、切なげな声で喘ぎはじめた。

「ああンっ、支配人さんと、こんなことになるなんて」

「夢のようです、ああっ、貴子さん」

彼女の肩を抱き、力強く男根を出し入れする。貴子の快楽に蕩けた表情を見ていると、自然とピストンのスピードがあがっていった。

「あッ……あッ……そんなに」

「もっと、貴子さんともっと繋がりたいんですっ」

熱く訴えながら腰を振る。畳についた膝が痛むが関係ない。大きく揺れる乳房を揉みしだき、唇を重ねて舌を深く絡め合った。

無数の膣襞が、男根に絡みついてくる。表面をくすぐるように這いまわり、根元から先端に向かって締めあげられた。まるで射精を促すような女壺の動きが、牡の本能を掻きたてた。

「おおおッ、おおおおッ」

「ああッ、強すぎます、あああッ」

腰にまわされた貴子の手に力が入る。ペニスを奥へ迎え入れるように、強く引きつけていた。

「くおッ、し、締まるっ」

「はああッ、わたし、わたしっ」

「貴子さんっ、ぬおおおッ!」

もう彼女のなかで果てることしか考えられない。財前は欲望のままに唸り声をあげて、全力で腰を振りまくった。貴子も腰にしっかり抱きつき、媚肉をうねらせてピストンを受けとめた。

「ああッ、ああッ、も、もうっ」

「おおおッ、で、出るっ、ぬうううッ、ぬおおおおおッ!」

肉柱を根元まで叩きこみ、ついにザーメンを噴きあげる。愛する女性のなかで射精するのは最高の快楽だ。濃厚な白濁液が、驚くほど大量に溢れだした。

「あああッ、いっ、いいっ、あああッ、イクッ、イッちゃううううッ!」

貴子も女体を仰け反らせて、アクメのよがり泣きを響かせる。腰に震えを走らせながら、男根を思いきり締めつけてきた。

「くおおッ、貴子さんっ」

「はああッ、支配人さんっ」

二人はエクスタシーの嵐のなかで、貪（むさぼ）るように唇を重ねていった。

4

支配人と関係を持ったことで戸惑っているらしい。だが、もはや財前に迷いはなかった。

抱き合ってアクメの余韻を味わっていると、貴子がぽつりとつぶやいた。

「わたし……どうしたらいいのか……」

彼女の身体に纏わりついている、カーディガンとシャツを脱がしていく。ブラジャーも取り去り、スカートにも手を伸ばす。すると、彼女が手首を摑んできた。

「待ってください」

小さな声だが、凛とした響きがあった。

まさかとは思うが、今さら拒絶されるのだろうか。財前は彼女の言葉を待ちきれず、熱く語りかけた。

「どうか、わたしの気持ちをわかってください」

本気だった。中途半端な気持ちではない。この胸が張り裂けそうな情熱を、どうしても受けとめてほしかった。

「そうじゃないんです……」

貴子の声は掠れていた。

「わたし、もう……汚れてしまったから」

ひどく悲しげな声だった。

すでに一度交わったというのに、愛人だった過去を気にしている。よほどつらかったに違いない。彼女の嫌な思い出を消し去ってあげたかった。

「あなたは汚れてなどいない」

財前はきっぱり言い切った。

「ご自分のことを、そんなに責めないでください。わたしは、あなたのすべてを知ったうえで、心から求めているのです」

「し……支配人さん」

見あげてくる貴子の瞳から、涙がぽろぽろ溢れだした。

「すみません、また泣かせてしまいました。これからは、決して泣かせないとお約束します」

いったん言葉を切ると、小さく息を吐きだして呼吸を整える。そして、瞳を見つめて切り出した。

「あなたと初めてお会いした瞬間から惹かれていました。わたしと、お付き合いしてください」

「嬉しい……わたしも、初めから……」

貴子も消え入りそうな声で打ち明けてくれる。二人して見つめ合い、一拍置いて照れ笑いを浮かべた。

「お名前でお呼びしてもいいですか？」

わざわざ断るところが彼女らしい。財前が頷くと、貴子は少し緊張した様子で口を開いた。

「財前さん……」

「はい」

またしても見つめ合い、笑みを交わす。幸せな空気が、古いアパートの一室を満たしていった。

彼女のスカートを脱がして、一糸纏わぬ姿にした。

畳の上に横たわる白い女体が、ひどく艶めかしく感じる。大きな乳房に尖った乳首、くびれた腰から熟れた尻に向かう曲線、ふっくらした恥丘になびく秘毛……。どれひとつ取っても、財前の心を熱く震わせた。

財前も全裸になると、自分の服を畳の上にひろげていく。ささくれ立った畳から、彼女の身体を守りたかった。

「やさしいのですね」

横たわった貴子と逆向きになり、そっと身を寄せていく。横向きのシックスナインの体勢だ。脚を広げさせて股間に顔を寄せると、アーモンドピンクの陰唇がヌラリと光っていた。

「すごく綺麗です」

「ああ、視線が熱いです……」

貴子は恥ずかしそうにつぶやくが、ペニスにしっかり指を巻きつけている。射精したのに勃起したままの陰茎を、頼もしそうにゆるゆるしごいていた。

「まだこんなに……お強いのですね」

「貴子さんが素敵だからですよ」

どんな言葉で褒め称えても足りないくらい完璧な女性だった。財前は陰唇に口づけすると、舌を伸ばして割れ目をそっと舐めあげた。

「ああぁっ、ダメです」

甘えるような声で口走り、彼女も亀頭に唇を寄せてくる。先端にキスをしたかと思うと、吐息を吹きかけながら咥えこんできた。

「はむンンっ」

「くおっ……す、すごいっ」

柔らかい唇が亀頭を滑り、カリ首を締めつけてくる。やんわりとした刺激が、腰が震えるほどの快感を生みだした。

財前も負けじと淫裂を舐めあげる。触れるか触れないかの微妙なタッチで割れ目をくすぐり、焦れるような快感で責めたてた。彼女がたまらなそうに腰を揺らすと、今度はクリトリスを探り当てて、舌先でやさしく転がしにかかった。

「ンふううっ、あうううっ」

ペニスを咥えたまま、貴子がくぐもった喘ぎ声を響かせる。肉唇の合わせ目からは愛蜜が溢れだす。感じているのは明らかだ。硬くなった肉芽を吸いあげてみると、さらに身悶えが大きくなった。

「はンンンッ」

貴子は喘ぎながら、首をリズミカルに振りたてる。柔らかい唇で、鉄のように硬くなった肉竿をヌルヌルと擦りあげてきた。

「うむむっ、き、気持ちいいですよ」

感じていることを素直に伝えると、彼女は舌も器用に使って、尿道口を舐めまわしてくる。さらには陰嚢を手のひらで包みこみ、やさしく揉みほぐしてきた。

「うふンっ……あふふンっ」

「おおっ、す、すごいです、くおおおっ」

財前も責められているばかりではない。尖らせた舌先を膣口に埋めこみ、熱い粘膜を舐めまわした。

「ンンッ、ダ、ダメぇっ、あああッ」

耐えきれなくなった貴子が、ペニスを吐き出して喘ぎだす。腰を小刻みに揺らして、恥裂をしゃぶられる快感に酔っていた。財前は肛門にも舌を伸ばすと、愛蜜と唾液をたっぷり塗りこんだ。

「ひああッ、そ、そこは汚いからっ」

「あなたの身体に汚いところなんてないですよ」

くすんだ窄まりを念入りに舐めまわす。穢れてなどいないことを証明したい。美しい彼女の身体を、隅々まで愛してあげたかった。

「ひッ、あひッ、い、いやです、そこだけは」

口では嫌と言いながら、恥裂は愛蜜でドロドロになっている。後ろの穴をしゃぶられることで、どうしようもないほど感じていた。

アヌスがふやけるほど舐め尽くすと、財前はようやく顔をあげて、畳の上で仰向けになった。

「今度は、貴子さんが上になっていただけますか」

声をかけると、意外にも彼女はあっさり股間にまたがってきた。尻の穴まで舐められて、よほど昂っていたのだろう。

「財前さんが、こんなことさせるなんて……」

貴子は恨みっぽくつぶやきながら、足の裏を畳につけて腰を落としてくる。右手を股間に伸ばして陰茎を摑み、亀頭の位置を膣口に合わせた。

「どうぞ、挿れてください」

「ああっ、そんなに見ないで……恥ずかしいです」

小声でつぶやきながら、ペニスの先端を呑みこんでいく。クチュッという湿った音が聞こえて、亀頭が膣のなかに収まるのがわかった。

「おおっ、あったかいですよ」

「ああンっ、自分からなんて……意地悪です」

拗ねた貴子が可愛らしい。彼女が亀頭だけ挿れた状態で動きをとめたので、財前は下から股間を突きあげた。

「はああッ、ダ、ダメっ、そんなっ、あああああッ！」

竿が根元まで一気に埋まり、貴子は右手を自分の臍の下にあてがった。

身体は硬直しているのに、乳房だけがフルフル揺れているのが卑猥すぎる。膣襞を猛烈に擦られて、軽い絶頂に昇り詰めたようだった。

「もうイッてしまわれたのですか？」

　彼女が先に達したことで、財前には少しばかり余裕ができていた。両手を伸ばして乳房を撫でまわすと、乳首を指の間に挟みこんで揉みあげる。そうしながら、ゆったり腰を使って男根を抜き差しした。

「ああっ、ま、待って、今は……はああっ」

　アクメに達した直後で過敏になっているのだろう。貴子は財前の腹に両手を置き、内股になって訴えてきた。

「そんなに感じるのですか？　すごく締まってますよ」

「ああっ、感じます、あああっ、感じちゃいますっ」

　喘ぎ声が大きくなる。古いアパートなので、他の部屋に筒抜けなのではと心配になってきた。

「そんなに声を出したら、ご近所に聞こえてしまいますよ」

　ピストンを緩めて声をかける。すると、彼女は焦れたように腰をくねらせた。

「隣は空室だから……ああンっ」

　そう言うなり、自分からヒップを上下に振りはじめる。バウンドさせるように弾ませて、そそり勃った肉柱を媚肉でしごきあげてきた。

「くうッ、す、すごいっ」

　自分は動いていないのに、股間から全身へと快感がひろがっていく。彼女も感じているのだろう、蜜壺が思いきりうねり、咀嚼するように太幹を絞りあげられた。

「ぬおおッ！」

「ああっ、財前さんの、なかで震えてます」

貴子がうっとりした様子でつぶやき、胸板に手を這わせてくる。左右の中指の先を乳首にあてがい、クリクリといじりまわしてきた。

「くおッ、た、貴子さん、そんなことまで……」

「ああンっ、わたしも、また……あああッ」

腰の振り方が激しくなる。女壺が締まっているうえに、小気味よくしごかれて、瞬く間に射精感が膨らんできた。

「も、もう、くううッ、もうっ」

財前も再び腰を振りはじめる。真下からペニスを突きあげて、女体の奥まで叩きこむ。深いところで繋がるほど一体感が高まっていく。彼女の手を引いて上半身を伏せさせると、息を合わせて力強くピストンした。

「ああッ、ああッ、いい、気持ちいいですっ」

「くううッ、すごく締まって、ぬうううッ」

奥歯を食い縛って責めつづける。しっかり抱き合って腰を振り、奥の奥まで剛根で抉りまくった。

「おおおッ、もうダメだっ」

「ああぁッ、わたしも、はあああッ」

貴子の爪が肩に食いこんできた。オルガスムスの大波が、轟音を立てながら押し寄せてくる。財前は彼女の背中を掻き抱き、ペニスを根元まで叩きこんだ。

「貴子さんっ、おおおおッ、貴子っ、ぬおおおおおおッ！」

「はああッ、いいっ、あああッ、イッちゃうっ、イクッ、イクイクうううッ！」

二人は同時に昇り詰めていく。財前が男根を脈動させてザーメンを注ぎこめば、貴子は女壺を痙攣させて受けとめる。息をぴったり合わせながら、目も眩むようなアクメを味わった。

かつてないほどの快感が突き抜ける。

これほど幸せな気分は初めてだ。財前は執拗に腰を振りながら、二度と離れないように、彼女の背中をきつくきつく抱き締めた。

5

翌日の午後――。

財前は正面玄関の前を竹箒で掃いていた。

雲ひとつない青空がひろがり、そこかしこに黄色い花が咲いている。春の訪れを告げる福寿草だ。いつになく清々しい気分になり、思わず目を閉じて、空に向かって大きく深呼吸した。

「お疲れさまです」

そのとき、背後から声をかけられた。振り返ると、いつの間にか貴子が立っていた。

「あ……今、お帰りになるところですか？」

慌てて姿勢を正して頭をさげる。支配人としたことが、気を抜いたところを見せてしまった。

「ふふっ……」

貴子が目を細めて微笑んだ。柔らかい表情に釣られて、財前も引き締めた表情を緩めていた。

「今朝、あの人から電話がかかってきました」

あたりを見まわすと、貴子は潜めた声で話しはじめる。あの人というのは、ハマザキ製菓の社長である浜崎大造のことだった。

「電話口で必死になって謝って、もう二度と近づかないって。本当に手を引いてくれたみたいです」

「そうですか。それはよかったですね」

財前がにこやかに答えると、貴子は不思議そうに顔を覗きこんできた。

「支配人、なにをしたのですか？」

「いえ、わたしはなにも知りませんよ」

平然と言い放つが、彼女は薄々なにかを感じているらしい。探るような瞳でじっと見つめていた。

「でも、人は見かけによらないっていうか……あっちのほうもすごかったし」

貴子は頬をポッと赤らめると、「お疲れさまでした」と早足で帰っていった。

（参りましたね……）

財前は満更でもない気分で、漏れそうになる笑みを懸命に抑えこんだ。支配人として、これ以上、気の緩んだところを見せるわけにはいかなかった。

浜崎の件は簡単なことだった。

前職のコネを駆使して圧力をかけたのだ。大手製菓会社の社長であろうと、財前の人脈を使えば、それほどむずかしいことではなかった。

いつの日か、貴子にはすべて話すつもりでいる。

じつは、財前は代議士、財前豊三郎の息子だった。とはいえ、妾の子なので公にはなっていない。財前は大学を卒業後、政治家を目指したが、正妻の子である弟、光太郎も立候補することになった。

愛人の子供である財前は自ら身を引き、弟の秘書になる道を選んだ。

十三年前の話である。当時、財前は三十三歳。腹違いの弟との仲は特別悪かったわけではない。とはいえ、政治家になるという夢を諦め、このままずっと弟の下で働くと思うとつらかった。

そんな財前を不憫に思った知り合いが、ホテルの支配人をやらないかと声をかけてくれた。当時、ミミエデンは経営不振に陥っており、大幅なテコ入れが必要な状態だった。財前は現状に不満を抱えて生きる自分をリセットするため、あえてホテル業界に飛びこんだ。

最初は苦しかったが、今ではミミエデンを心から愛し、支配人の仕事に誇りを持っていた。

お客さまの満足げな笑顔や一所懸命働いてくれる従業員を見ると、これこそが自分の天職であると思えた。

(さてと、掃除はこれくらいでいいですね)

財前は竹箒を片付けて館内に戻った。

フロントの脇を通り、奥の事務室に向かおうとする。そのとき、チェックインのお客さまを迎える準備がすみ、束の間の休憩タイムをとっている明日香の元気な声が聞こえてきた。

「そういえば、支配人ってこのホテルに来る前、なにをやってたんですかね？」

誰かとしゃべっているようだ。財前はとっさに身を隠し、陰からチラリと事務室をうかがった。

「なんか不思議な感じがするじゃないですか、支配人って」

事務椅子に腰掛けた明日香が、クッキーをポリポリかじっている。無邪気な笑顔を振りまき、ソファに座っている田所と杉崎に尋ねていた。

「絶対なんかありそうですよね。二人とも知ってますか？」

しゃべっているのは明日香だけだ。田所も杉崎も固まっているが、彼女だけがその空気に気づいていなかった。

「今度、訊いてみようかなぁ」

この三人のなかで、なにも知らないのは明日香だけだ。

田所は代議士秘書時代に頻繁に使っていた料亭の料理人で、杉崎はときに裏の仕事で繋がりのあった暴力団の構成員だった。

「さてと、俺はディナーの仕込みをするかな」

「自分は露天風呂の掃除をします」

田所と杉崎が立ちあがり、そそくさと事務室から逃げていく。明日香は慌ててコーヒーを飲み、頬張っていたクッキーを流しこんだ。

「ちょっと、どこ行くんですか二人とも」

明日香の不服そうな声が響くのと、正面玄関の自動ドアが開くのは同時だった。

「いらっしゃいませ、ミミエデンへようこそ」

財前は噴きだしそうになるのを懸命にこらえて、本日最初のお客さまにいつもの澄まし顔で丁重に頭をさげた。


（了）

※本書は2015年1月に刊行された竹書房文庫『蜜夢ホテル』の新装版です。

＊本作品はフィクションです。作品内に登場する人名、地名、団体名等は実在のものとは関係ありません。

長編小説

蜜夢(みつゆめ)ホテル <新装版>

葉月奏太(はづきそうた)

2023年3月27日　初版第一刷発行

ブックデザイン……………………… 橋元浩明(sowhat.Inc.)

発行人…………………………………………後藤明信
発行所………………………………………株式会社竹書房
〒102-0075　東京都千代田区三番町８－１
三番町東急ビル６Ｆ
email：info@takeshobo.co.jp
http://www.takeshobo.co.jp
印刷・製本………………………… 中央精版印刷株式会社